克里斯托曼奇历代记 1

魔法生活
Charmed Life

[英] 戴安娜·韦恩·琼斯 /著
Diana Wynne Jones

丁剑 /译

上海文艺出版社

图书在版编目(CIP)数据

魔法生活/(英)琼斯著;丁剑译.
—上海:上海文艺出版社.2015
(克里斯托曼奇历代记;1)
ISBN 978-7-5321-5840-9

Ⅰ.①魔… Ⅱ.①琼… ②丁… Ⅲ.①儿童文学-长篇小说-英国-现代 Ⅳ.①I561.45

中国版本图书馆 CIP 数据核字(2015)第 189697 号

THE CHRONICLES OF CHRESTOMANCI: CHARMED LIFE
by Diana Wynne Jones
Copyright © 1977 by Diana Wynne Jones
Copyright © 2001 by Diana Wynne Jones
Published by arrangement with The Laura Cecil Literary Agency through Bardon-Chinese Media Agency

著作权合同登记号 图字:09-2015-621 号

责任编辑:方 铁
特约策划:何家炜 张静乔
装帧设计:高静芳
封面绘画:高 婧

魔法生活
〔英〕戴安娜·韦恩·琼斯 著
丁 剑 译
上海文艺出版社出版、发行
地址:上海绍兴路 74 号
电子信箱:cslcm@public1.sta.net.cn
网址:www.slcm.com
新华书店经销 山东临沂新华印刷物流集团印刷
开本 889×1194 1/32 印张 9 字数 137,000
2015 年 11 月第 1 版 2015 年 11 月第 1 次印刷
ISBN 978-7-5321-5840-9/I·4664 定价:36.00 元

这里有许许多多个世界,每个世界都和我们的不一样。克里斯托曼奇的世界在我们隔壁,那里和我们这儿的不同是,魔法在那里就像音乐对于我们一样平常。那个世界里全是和魔法有关的人——魔法师、女巫、术士、巫师、苦行僧、召唤师、咒言师、萨满、占卜师等等——从卑微的认证女巫一直到最有能力的巫师。巫师神秘而强大。他们的魔法不同凡俗,威力超群,而且他们中很多人有不止一条生命。

那么,如果没人约束这些形形色色的魔法使用者,普通人的生活就将是一场噩梦,而且人们可能会成为奴隶。所以政府委任了一个最厉害的巫师,他的职责是确保人们不滥用魔法。这个巫师有九条命,人称"克里斯托曼奇"。他必须像拥有强大的魔法一样拥有强大的人格。

第一章

卡特·钱特崇拜姐姐格温多琳。她是一名女巫。他崇拜而且依赖她。他们的生活发生了一些重大的变故,所以姐姐是他唯一可以依靠的人。

第一个重大的变故发生在父母带他们外出做一日游的时候,他们乘坐一艘明轮船顺河而下。他们出发的时候都打扮得漂漂亮亮,格温多琳和妈妈穿着有缎带的白色长裙,卡特和爸爸穿着带刺绣花纹的蓝色哔叽周末套装。这天天气很热。船上簇拥着其他身穿假日服装的人,他们一边说笑,一边就着薄面包片和黄油吃峨螺。然而船上的蒸汽风琴奏起了流行的曲调,谁也听不到自己说的话了。

可是那艘老旧的明轮船因为过于拥挤,它的舵失灵了。穿着假日服装的人们正在船上开开心心地吃峨螺,从水坝顺流而下。这时那艘船撞到了用来阻挡人们游泳的一排柱子里的一根,老旧的蒸汽船就这样变成了碎片。卡特记得风琴还在吹奏，船桨就飞上了蓝天。一团团蒸汽从断裂的管道里嘶叫着喷出来，淹没了人们的尖叫。船上的每个人都被冲离了水坝。那是一场可怕的事故。报纸上把它叫做"美丽南希号灾难"。穿着束身长裙的女士们完全不能游泳。身着紧身蓝哔叽套装的男人也好不到哪里去。但格温多琳是一名女巫，所以她不怕溺水。而卡特在轮船撞上柱子的时候抱住了格温多琳，所以也幸免于难。只有少数人在那场灾难中活了下来。

整个国家都被这场灾难震惊了。明轮船公司和伍尔夫科特市合力承担了葬礼的开销。格温多琳和卡特都穿上了公费的深黑色丧服，坐在头缀黑羽毛的黑马拉着的马车里，跟在一连串棺材后面。其他幸存者也和他们坐在一起。卡特打量着他们，很想知道他们是不是女巫和魔法师，但他一点儿也看不出来。伍尔夫科特的市长为幸存者成立了一项基金。捐款从全国各地涌来。所有其他幸存者都得到了自己的一份，去别的地方开始新的生活。只有卡特和格温多琳留在了伍尔夫科特。

他们暂时成了名人。每个人都对他俩很好。人们纷纷惊叹，他们是多么漂亮的一对孤儿呀。是的，他们都有一头金黄色的头发，皮肤白皙，都长着一对清澈的蓝眼睛，身上穿着黑衣服显得漂亮极了。格温多琳很可爱,她的身高比同龄人显高。卡特则比自己的年龄显小。格温多琳像母亲一样照顾卡特,人们都很感动。卡特一点也不在意,然而这对他的空虚和失落感未必不是一种补偿。女士们送给他蛋糕和玩具。市议员来看望他,问他过得怎么样;市长也召见他,抚摸着他的头。市长解释说会把他们在基金会的钱投入一个信托机构,直到他们长大。同时市里会支付他们教育和成长的费用。

"你们两个小家伙想住哪里?"他和蔼地问。

格温多琳马上说楼下的老夏普夫人愿意收留他们。"她一直对我们很好,"她解释说,"我们愿意和她住在一起。"

夏普夫人为人善良。她也是个女巫——客厅窗户上的印鉴表明她是一个认证女巫——而且她很喜欢格温多琳。市长有些迟疑。和所有没有魔法天分的人一样,他不喜欢魔法师。他询问卡特的意见。卡特不介意。他情愿生活在已经习惯的屋子里,住楼下也没关系。市长认为应该让两个孤儿尽可能快乐地生活,于是同意了。格温多琳和卡特就搬进了夏普夫人家。回头看来,卡特认为他从那时起才确信格温多琳是一个女巫。从前他一直都怀疑。当他向父母问起的时候,他们都摇摇头,叹着气,显得很不开心。卡特一直满腹疑团,因为他记得从前格温多琳使自己抽筋时惹起的那场可怕的麻烦。如果格温多琳不是女巫,他就不明白他的父母怎么会责备她了。但现在一切都发生了变化。夏普夫人没有保守这个秘密。

"你是个真正的魔法天才,亲爱的,"她笑容满面地对格温多琳说,"要是浪费了你的天分,那就是我没有尽到对你的责任。我们一定得尽快给你找个老师。最好从请教隔壁的诺斯托姆先生开始。他也许是城里最差劲的巫师,但他懂得怎么教育人。他会给你打个好基础的,亲爱的。"

诺斯托姆先生对小学魔法教育收的学费是每小时一英镑,中学阶段则每小时加收一个基尼。正如夏普夫人所说,非常昂贵。于是她戴上她最好的缀着黑珠子的帽子去了市政大厅,去询问基金会能否支付格温多琳的学费。让她恼火的是,市长拒绝了。他告诉夏普夫人,魔法不是常规教育的一部分。夏普夫人气鼓鼓地无功而返,帽子上的珠子哗哗作响。她带回了市长交给她的一个扁纸箱,里面装满了善良的女士们从格温多琳父母卧室里找到的零碎物品。

"盲目的偏见!"夏普夫人一边说,一边把盒子扔在餐桌上,"如果一个人有天赋,他就有权利发展自己的天赋——我就是这样告诉他的。不过不用担心,孩子。"她看着明显闷闷不乐的格温多琳。"我们还有办法。只要我们能找到合适的东西诱惑他,诺斯托姆先生也许会免费教你。让我们看看这个盒子。你可怜的妈妈和爸爸也许正好留下了这样的东西。"

于是,夏普夫人把盒子里的东西倒了出来。那是一些奇怪的收藏品——信件、饰带和纪念品。里面一半的东西是卡特没见过的。最上面是一份结婚证书,上面显示弗朗西斯·约翰·钱特和卡洛琳·玛丽·钱特十二年前在伍尔夫科特的圣玛格丽特教堂成婚,还有一束枯萎的花,一定是他妈妈在婚礼上戴过的。在那些东西下面,他发现了一些从来没有看到妈妈戴过的闪闪发光的耳环。

夏普夫人赶忙俯身看着那些东西,她的帽子嗒嗒作响。"这是钻石耳环!"她说,"你妈妈一定很有钱!现在,如果我把这些带给诺斯托姆先生——不过如果我们把它们带给拉金斯先生的话会有更大的收获。"拉金斯先生在街角开着一间旧货店——但不完全做旧货。在那些黄铜炉围和有缺口的陶器之外你还可以找到很有价值的东西,而且店里还有一个不起眼的布告注明供应进口货物——那代表拉金斯先生也有蝙蝠翼、干蝾螈和其他魔法材料的存货。拉金斯先生无疑会对一副钻石耳环感兴趣。夏普夫人眯着眼睛,贪婪的眼珠放着光,伸手去拿那副耳环。

格温多琳也在同一时间伸出了手。她没吭声。夏普夫人也一言不发。两个人的手都悬在半空。这是一种看不见的强烈抗争。然后夏普夫人收了手。"谢谢你。"格温多琳冷冷地说,然后把那副耳环收进了黑色长裙的口袋。

"你明白我的意思吗?"夏普夫人尽力显得若无其事,"你有真正的天赋,亲爱的!"她回头继续整理盒子里其他的东西。她又翻出一只旧烟斗,几条饰带,一束白色石楠花,几份菜单,几张音乐会门票,然后拿起了一扎信件。她用拇指翻着信封边缘。"情书,"她说,"他给她的情书。"她看也不看就把那捆信丢到一边,然后又拿起另一扎。"她给他的,没用。"卡特看着夏普夫人用紫红色的粗拇指哗啦啦地翻着第三捆信件,心想做一个女巫一定可以节省大量的时间。"商业信件。"夏普夫人说。这时她的拇指停了一下,然后又慢慢往回翻那堆信。"看看这是什么?"她说。她解开捆在那沓书信上的粉红带子,小心地从里面抽出了三封信。她展开那些书信。

"克里斯托曼奇!"她惊叫起来,在出声的同时用一只手掩住了嘴,结果只发出了一声含糊的声音。她的脸变得通红。卡特看到她的脸上同时显露出吃惊、恐惧和贪婪的表情。"他写信给你爸爸干什么?"她一恢复常态就连忙问道。

"让我看看。"格温多琳说。

夏普夫人把三封信摊开放在餐桌上,格温多琳和卡特弯下身子去看。卡特的第一个发现是所有三封信上力透纸背的签名。

他的第二个发现是有两封信的笔迹和签名一样。第一封信的日期是十二年前,就在他父母结婚之后不久。上面写着:

亲爱的弗兰克:

别摆架子了。我提议的唯一原因是觉得可能对你有所帮助。我仍然愿意以任何力所能及的方式提供帮助,只要你让我知道有什么可以效劳。我觉得我对你有所亏欠。

你永远的朋友,克里斯托曼奇

第二封信短一些:

亲爱的钱特:

你也一样。见鬼去吧。

克里斯托曼奇

第三封信的日期是六年前,信是另一个人写的。克里斯托曼奇只在上面签了名。

先生:

六年前已经警告过你,类似你叙述过的一些事情也许会发生,而且你明确表明不希望得到来自这个地区的帮助。我们对你的困局不感兴趣。这里不是慈善机构。

克里斯托曼奇

"你爸爸对他说了什么?"夏普夫人又是吃惊,又是敬畏,还有点好奇,"啊——你觉得呢,亲爱的?"

格温多琳对着三封信张开手,就像在火上暖手一样。她的两个小拇指抽动了一下。"我不知道。感觉它们很重要——特别是第一封和最后一封——非常重要。"

"克里斯托曼奇是谁?"卡特问。这个名字很难发音。他是回忆着夏普夫人的发音,把这个名字拆开说的。"克里斯特-奥-曼-奇,这样念对吗?"

"对——不过别操心他是谁了,亲爱的,"夏普夫人说,"用重要这个词描述这个名字太无力了,小宝贝。从字面看,我真希望知道你爸爸到底对他说了什么很多人不敢说的话。猜猜我们可以拿这些信换到什么！三个亲笔签名！诺斯托姆先生会对它们两眼放光的，小宝贝。哦，你交好运了！他会为了这些信教你的！城里的任何巫师都愿意这样做。"

夏普夫人开始兴高采烈地把东西往盒子里收。"看看这又是什么？"一个红色火柴盒从那扎商业信件里掉了出来。夏普夫人小心翼翼地拿起来，然后又小心翼翼地打开。火柴盒里有小半盒薄纸板火柴。里面有三根是点过的，但没有从火柴盒里拿出来。第三根火柴最短，卡特认为一定是用它点燃了另外两根火柴。

"嗯，"夏普夫人说，"我认为你最好留着这个，小宝贝。"她把那个小小的红色火柴盒递给格温多琳，后者把它放进装着耳环的长裙口袋里。"你留着这个怎么样，亲爱的？"夏普夫人想到卡特也有份，又对卡特说。她给了他那束白色的石楠花。卡特把那束花别在自己的纽扣眼里，直到它变成了碎片。

和夏普夫人生活在一起，格温多琳似乎膨胀了很多。她的一头金发看起来更加耀眼，眼睛也变得越发湛蓝，而且她的性格也变得活泼而自信。也许卡特的收敛为她提供了一点空间——他也不太明白。不是他不开心,夏普夫人对他完全像对格温多琳一样亲切。市议员和他们的夫人每星期都会来探望,对他很慈爱。他们把他和格温多琳送进伍尔夫科特城里最好的学校读书。卡特在学校里很快乐。唯一不顺心的事是因为他是左撇子,老师们一看到他用左手写字就惩罚他。但在卡特上过的所有学校里老师都是这样做的,他已经习惯了。他有了一帮朋友。尽管如此,他还是在心底里感到迷惘和孤单。所以他黏着格温多琳,因为她是他唯一的家人。

格温多琳对他很不耐烦,但常常是因为太忙或者太高兴,而不是因为脾气不好。"别烦我,卡特,"她会这样说,"不然别怪我不客气。"然后她就把作业本装进乐谱盒,匆匆赶到隔壁的诺斯托姆先生家上课。

为了那些信,诺斯托姆先生很乐意教格温多琳。夏普夫人每个学期给他一封信,她是从最后一封信开始的。"不能全给他,以免他太贪心,"她说,"我们把最好的留到最后给他。"

格温多琳进步很快。她是一个如此有前途的女巫,真的,她跳过了初级魔法测试,直接进入了二年级,刚过圣诞节,她已经开始同时学习三四年级的课程了。等到来年夏天,她将开始高级魔法的学习。诺斯托姆先生把她当成最喜欢的学生——他隔着墙头告诉夏普夫人——格温多琳从他那里上课回来的时候总是高高兴兴，神采飞扬。她一周去诺斯托姆先生家上两次课，胳膊下夹着魔法箱，就像很多人上音乐课一样。实际上，夏普夫人正是让她以上音乐课的名义去学习的，账目则记在市议会名下。由于诺斯托姆先生除了那些信件之外没有报酬，卡特认为夏普夫人这样做非常不诚实。

"我必须为我的一大把年纪考虑，"夏普夫人生气地告诉他，"收留你们并没有为我带来多少好处，对不对？而且我不指望你姐姐长大成名后还记得我。哦，天哪——我一点也不指望那个！"

卡特明白夏普夫人也许是对的。他有些为她难过，因为她无疑是善良的，而且他现在知道她本人不是一个非常高明的女巫。夏普夫人客厅窗子上的认证女巫标记表明，她事实上只通过了最低级的认证。人们只有在支付不起街尾的三个知名女巫费用的时候才会找她要护身符。夏普夫人是通过为旧货铺的拉金斯先生充当代理补贴收入的。她为他提供外国的商品——也就是说，一些施展符咒所需的奇怪国外原料——来自像伦敦一样遥远的地方。她对自己在伦敦的熟人很自豪。"哦，是的，"她常常对格温多琳说，"我有关系，真的。

只要我开口,那些人随时能为我弄到一磅龙血,虽然那是非法的。只要有我在,你什么都不用愁。"

也许,尽管对格温多琳不抱幻想,夏普夫人是真心希望在格温多琳长大后充当她的代理人的。总之,卡特怀疑这就是她的想法。因此他为她感到难过。他相信格温多琳出名后会像扔掉一件旧衣服一样抛弃她——和夏普夫人一样,他对格温多琳将会成名一点也不怀疑。所以他说:"可是,我会照顾你的。"他不喜欢这个主意,但他觉得自己应该说出来。

夏普夫人亲切地表示了谢意。作为回报,她安排卡特上真正的音乐课。"那样市长就没什么可抱怨的了。"她说。她相信一石二鸟的说法。

卡特开始学习小提琴。他认为自己进展不错。他勤奋练习。他绝对不理解为什么当自己开始练习的时候,新住在楼上的人总是敲地板。五音不全的夏普夫人在他练习的时候总是点头微笑,对他很支持。

一天晚上,正当他练琴的时候格温多琳闯了进来,对他的脸尖声释放了一个咒语。卡特惊慌地发现自己手里正举着一条被剥光的大猫的尾巴。他正把它的头夹在自己的下巴下面,用琴弓锯着它光秃秃的背部。他慌忙丢掉了它。即使如此,他还是被它在下巴上咬了一下,而且被抓得很疼。

"你这是干吗?"他说。那只猫弓着腰站起来,怒视着他。

"因为你拉的小提琴!"格温多琳说,"我再也忍受不了那种声音了。来这儿,猫咪,猫咪!"那只猫也同样不喜欢格温多琳。它冲着格温多琳向它伸出的手抓了一把。格温多琳拍了它一巴掌。它逃走了,卡特大叫着追了上去,"拦住它!那是我的小提琴!拦住它!"但那只猫逃脱了,这就是小提琴课的结局。

夏普夫人对格温多琳的天才展示印象深刻。她爬到院子里的一张椅子上,隔着墙把这件事告诉了诺斯托姆先生。从那里开始,这个故事又传到了附近的每个女巫和巫师的耳朵里。

巫女街的四邻全是女巫。同样职业的人们都喜欢凑到一起。如果卡特从夏普夫人的大门出去,沿着巫女街右转,他要路过的,除了三个知名女巫,两家巫术店,一个算命师,一个占卜师外,还有一个意念力魔法师。如果向左转,他要经过亨利·诺斯托姆先生教授魔法的皇家魔法学院,一个女占卜师,一个千里眼,最后是拉金斯先生的店铺。这条街道,包括附近的几条街道的空气里,都充斥着浓重的行使魔法的气息。

所有这些人都对格温多琳有着强烈而友好的兴趣。那只猫的故事给他们留下了深刻的印象。人们把它当成了一只伟大的宠物——很自然,它被叫做"小提琴"。尽管它还是脾气很大,难以满足,而且很不友好,但它从不缺少食物。他们甚至把格温多琳看成了一个更大的宠物。拉金斯先生送她礼物。那位意念力魔法师是个肌肉发达、胡子拉碴的年轻男子,他每次看见格温多琳经过都会从屋里跳出来,送她一只公牛眼。而那些女巫都喜欢找一些简单的咒语教给她。

格温多琳对那些咒语很轻蔑。"他们当我是小孩还是怎么啦?我早就不玩这些东西了。"她会这样说,然后把那些符咒丢到一边。

夏普夫人喜欢任何魔法辅助物品,她常常小心地把那些符咒收好,然后藏起来。但有一两次,卡特发现那些古怪的咒语掉在地上,忍不住试了一下。他本来希望自己有一点点格温多琳那样的天分。他一直希望他只是发育迟缓,总有一天,他能使一个咒语发生作用。但这种事从来没有发生过——甚至那个把黄铜纽扣变成金子的咒语也不成功,那个咒语是卡特最喜欢的了。

不同的占卜者也纷纷给格温多琳送了礼物。她从一个预言者那里得到了一个古老的水晶球,还从一个算命师那里得到了一副纸牌。

占卜师为她算了命。她回来时高兴极了,为占卜师所说的话欢呼雀跃。

"我要出名了!他说如果我走对路子的话,能征服世界。"她告诉卡特。

尽管卡特一点儿不怀疑格温多琳会出名,但他不明白她怎么能征服世界,所以他这样说:"即使嫁给国王,你也只能征服一个国家,可是威尔士王子去年已经成婚了。"

"除了那样还有很多办法,笨蛋!"格温多琳反驳说,"首先,诺斯托姆先生为我出了很多主意。听着,会有一些障碍的。有一个我必须克服的糟糕的改变,还有一个有权有势的神秘人。但在他告诉我我将统治世界的时候,我的所有手指都抽搐起来,所以我知道那是真的!"看来格温多琳日益膨胀的自信是没有止境的。

第二天,千里眼拉金斯小姐把卡特叫到自己家,提议为他算一次命。

第二章

卡特被拉金斯小姐吓坏了。她是旧货店主拉金斯先生的女儿。她年轻漂亮,长了一头耀眼的红发。她把头发在头顶盘成一个发髻,一些跑出来的碎发衬着她的两只耳环,就像一只戴着脚环的鹦鹉站在头顶一样。她是一个很有天赋的千里眼,而且,在那只猫的故事传开之前,她曾经是最受街坊邻居宠爱的人。卡特记得连他妈妈都给拉金斯小姐送过礼物。

卡特在得知拉金斯小姐出于对格温多琳的嫉妒要为自己算命后,"不用,不用,太谢谢你了,"他一边从拉金斯小姐摆满占卜物品的小桌前往后退,一边说,"根本没关系,我不想知道。"

但是拉金斯小姐冲上来抓住了他的肩膀。卡特扭动着身子,但拉金斯小姐身上的紫罗兰香水味儿一下子扑了过来,她的耳环像镣铐一样摇晃着,而且在她靠近时,她身上的紧身内衣嘎吱作响。"傻小子!"拉金斯小姐用她圆润悦耳的声音说,

"我不会伤害你的。我只是想知道。"

"但——但我不想知道。"卡特扭着身子说。

"别动。"拉金斯小姐说,然后尽力看进卡特的眼睛深处。

卡特赶忙闭上眼睛。他挣扎得更猛烈了。如果不是拉金斯小姐突然进入恍惚状态的话,他本来可以挣脱的。卡特发现自己被一种极大的力量钳制着,这种力量即使出现在意念力魔法师身上也会让他惊讶万分。拉金斯小姐的身体颤抖着,紧身胸衣发出老旧的门扇在风中摇摆一样的吱嘎声。"啊,请放开我!"卡特说。但是拉金斯小姐似乎充耳不闻。卡特抓住钳在自己肩膀上的手指,想把它们掰开,但根本无济于事。所以,他只能无助地看着拉金斯小姐面无表情的脸。

拉金斯小姐张开嘴,发出了一种很不一般的声音。那是个男人的声音,轻快而亲切。"你了却了我的一件心事,小伙子,"那个声音说,听起来很高兴,"现在一个重大的变故即将出现在你身边。但你一直非常粗心——四条已经消失了,现在只剩下五条。你必须多加小心。你至少有来自两个方向的危机,你知道吗?"那个声音停止了。卡特这时已经吓得一动都不敢动。他只能等到拉金斯小姐恢复过来,打个哈欠,为了用一只手优雅地把嘴捂起来的时候把他放开。

"哈,"她用平常的声音说,"就是这样。我说了些什么?"

发觉拉金斯小姐对自己说过什么一无所知,卡特不由得起了一身鸡皮疙瘩。他只想逃走。他朝门口冲了过去。

拉金斯小姐追上了他,又抓住了他的胳膊,摇晃着他。"告诉我!告诉我!我说了什么?"在她猛烈摇晃的时候,她的红头发披散下来,紧身胸衣像折断木片一样地响。她真吓人。"我用的是什么声音?"她问道。

"一个——男人的声音,"卡特结结巴巴地说,"有几分和气,我说得千真万确。"

拉金斯小姐也目瞪口呆。"一个男人?不是鲍比或朵朵——我是说,不是一个小孩的声音?"

"不是。"卡特说。

"真奇怪!"拉金斯小姐说,"我从来没用过男人的声音。他怎么说?"

卡特复述了那个声音说过的话。他觉得如果他能活到九十岁,恐怕也忘不掉这回事。

发现拉金斯小姐也像自己一样完全摸不着头脑真开心。"好吧,我猜这是一种警告,"她疑惑地说,显得很失望,"没说别的?没有和你姐姐有关的?"

"没有,什么都没有。"卡特说。

"好吧,真没办法。"拉金斯小姐不满地说,然后为了拢头发再次放开了卡特。

一等她的两只手都因为别发髻占住,卡特连忙撒腿就跑。他飞快地跑到大街上,仍然感到战栗不已。

然而他几乎立刻被另外两个人撞见了。

"哈,小埃里克·钱特在这儿,"诺斯托姆先生从人行道上走过来,"你认识我弟弟威廉姆,对吗,小钱特?"

卡特立刻被一只手臂抓住了。他勉强微笑了一下。不是他不喜欢诺斯托姆先生,只是每次诺斯托姆先生都用这种滑稽而且很少有人用的方式叫他小钱特,使他不知道该怎么对应地称呼诺斯托姆先生。诺斯托姆先生身材矮小肥胖,两鬓斑白。他的左眼有点斜视,总是向一边看。这更让卡特感到难以和他交谈。他在观看和倾听吗?他的注意力随着那只走神的眼睛去了别的地方吗?

"对——对,我见过你弟弟。"卡特提醒诺斯托姆先生。威廉姆·诺斯托姆常来探望哥哥,卡特几乎每个月都能见到他。他是个相当富裕的巫师,在伊斯特本有生意。夏普夫人声称亨利·诺斯托姆是靠他富有的弟弟过日子的,不管是在金钱还是在使用的魔法符咒上。无论真相是什么,总之卡特觉得和威廉姆·诺斯托姆先生谈话比跟他哥哥还困难。他身材只有哥哥一半高,总是穿着马甲上挂着一根粗大银表链的长礼服。如果不考虑这些差别,而且他不是两只眼睛斜视的话,那么他就是亨利·诺斯托姆先生的翻版。卡特一直很想知道威廉姆先生是怎样看到东西的。

"你好,先生。"他有礼貌地说。

"很好。"威廉姆先生以低沉而沮丧的声音说,他的话听起来让人感觉是相反的意思。

亨利·诺斯托姆先生带着歉意看了他一眼。"小钱特,事实上,"他解释道,"我们碰到了一点挫折。我弟弟心情不好。"他放低声音,但他那飘忽的眼神却始终徘徊在卡特的右侧。"和那些来自——你知道谁——的书信有关。我们一点线索都找不到。似乎格温多琳也什么都不知道。你会不会——小钱特——碰巧知道你受人尊敬又令人哀悼的父亲为什么会认识这位在书信上签名的——让我们这样叫他吧——那个令人敬畏的大人物?"

"恐怕我一点都不知道。"卡特说。

"他可能是你家的什么亲戚吗?"亨利·诺斯托姆提示道,

"钱特是个好名字呀。"

"我想它一定也是个糟糕的名字,"卡特回答,"我们没有任何亲戚。"

"可是你亲爱的妈妈呢?"诺斯托姆先生坚持追问,他那只古怪的眼睛瞟向一旁,而他弟弟的两只眼睛则同时阴郁地凝视着人行道和房顶。

"看得出这孩子什么都不知道,亨利,"威廉姆先生说,"我怀疑他连他妈妈的娘家姓都不知道。"

"哎呀,那个我的确知道,"卡特说,"他们的结婚证书上有。她也叫钱特。"

"真奇怪。"诺斯托姆说,转动着一只眼珠看着弟弟。

"奇怪,而且一点用都没有。"威廉姆先生表示同意。

卡特只想离开。他觉得这些奇怪的问题已经足够让他头疼到圣诞节了。"唉,如果你们实在很想弄明白这些问题,"他说,"干吗不写信问问克里——呃——"

"嘘!"亨利·诺斯托姆先生慌忙叫停。

"哼!"他弟弟也同时说,显得同样惊慌。

"我是说,那个令人敬畏的大人物。"卡特惊慌地看着威廉姆先生,威廉姆先生的眼珠跑到了他的脸部的侧面。卡特担心他会就此进入恍惚状态,就像拉金斯小姐那样。

"这样有用,亨利,这样会有用的!"威廉姆大叫一声。而且,由于非常高兴,他扯下身上的银表链,举在手里挥舞起来。"然后就能换银子了!"他叫道。

"我很高兴,"卡特彬彬有礼地说,"现在我要走了。"他尽可能快地沿着大街跑开了。那天下午当他出门的时候,他小心翼翼地走了左边,经过那个意念力魔法师的家离开了巫女街。这样走相当麻烦,因为要绕很多路才能找到他的大部分朋友,但无论怎样都比再遇见拉金斯小姐或诺斯托姆先生好。最近的遭遇足以令他盼望学校开学了。

那天晚上卡特回家的时候,格温多琳刚从诺斯托姆先生家上完课回来。她像往常一样显得容光焕发,喜气洋洋,不过这一次她带了点神秘和庄重。

"你那个给克里斯托曼奇写信的主意不错,"她对卡特说,"我怎么会没想到?总之,我已经写了。"

"你为什么要写?诺斯托姆先生不能写吗?"卡特问。

"由我写会显得更自然,"格温多琳说,"而且我想他得到我的签名也没关系。诺斯托姆先生告诉了我该怎么写。"

"他究竟为什么想知道?"卡特说。

"难道你不想知道?"格温多琳得意地问。

"不想,"卡特说,"我才不想知道。"因为这会让他想起那天早上发生的灾难,而且也使他更希望秋季的学期已经开始。他说:"我希望马栗果熟了。"

"马栗果!"格温多琳一脸厌恶地说,"你真弱智! 至少六周后它们才会熟。"

"我知道。"卡特说,接下来的两天,他每次出门的时候还是小心翼翼地从左边走。

八九月交替的时候,正是秋高气爽。卡特和他的朋友们常常到河边游玩。第二天,他们发现一堵墙并爬了上去,墙背后原来是一座果园。他们幸运地发现了一棵硕果累累的苹果树,树上结满了甜甜的白苹果——一种早熟的品种。他们先把口袋装满,然后又装满了帽兜。然后一个园丁怒气冲冲地拿着一把耙子追他们。他们四散逃走了。卡特在捧着鼓鼓囊囊的帽兜回家的时候非常开心。夏普夫人很爱吃苹果。他只希望她不要再用姜饼人奖励他。按照常理,姜饼人很有趣。在你想吃它们的时候,它们会从盘子里跳起来逃跑,这样当你抓到它们的时候,你会觉得把它们吃掉很公平。这是一场公平的战斗,有一些姜饼人能够顺利逃亡。可夏普夫人的姜饼人绝不会那样做。它们只是躺在盘子里,无力地挥舞着胳膊,所以卡特总是不忍心吃它们。

卡特忙着东想西想,所以在拐过那个意念力魔法师家的街角后看到一辆四轮马车停在路上,但没有在意。他捧着一帽兜苹果走向侧门,一边喊一边闯进了厨房。"看哪!看看我得到了什么,夏普夫人!"夏普夫人却不在那里。站在厨房正中的是一个身材高大,服饰格外讲究的人。

卡特有几分惊慌地看着他。他显然是一个富有的新议员。除了那种人谁也不会穿如此珍贵的条纹布长裤,或者那么漂亮的天鹅绒外套,或者戴着像他们的靴子一样闪亮的高高的帽子。那个人的头发是黑色的,就像他的帽子一样亮。卡特觉得他肯定是格温多琳所说的来帮助她统治世界的神秘人,但他根本不应该出现在厨房里。来访者总是被直接带到客厅里的。

"哦,你好,先生。你能来这里吗,先生?"他气喘吁吁地说。

神秘陌生人疑惑地看了他一眼。最好他能过来,卡特一边想,一边不安地四处打量着。厨房里和平时一样一团糟。房间里都是灰,更让他发慌的是,夏普夫人显然正打算做姜饼人。施展咒语所需的材料正摆在桌子的一头——全是脏兮兮的报纸包和破破烂烂的瓶瓶罐罐——姜饼则摆在桌子中间。更远的地方,苍蝇正聚集在打算做午餐的肉上,那些肉看起来几乎和符咒一样凌乱不堪。

"你是谁?"神秘陌生人问,"我有一种认识你的感觉。你的帽子里装的是什么?"

卡特只顾着到处乱看,但他还是听到了最后那个问题。他的快乐又回来了。"苹果,"他让陌生人看那些苹果,"可爱的甜苹果。我刚偷来的。"

那个陌生人看上去很严肃。"偷,"他说,"是一种盗窃行为。"

卡特当然明白。但他觉得很扫兴,即使市议员也不该这样说话。"我知道。不过我打赌你在我这样的年纪也干过。"

那个陌生人轻微咳嗽了一下,改变了话题。"你还没回答我你是谁呢。"

"抱歉,是吗?"卡特说,"我是埃里克·钱特——只是他们总叫我卡特。"

"那么格温多琳·钱特是你姐姐?"陌生人问。他的表情显得越来越严厉而充满同情。卡特想他肯定觉得夏普夫人的厨房污浊不堪。

"是的。你能来这边吗?"卡特希望把陌生人从厨房带出来,"这边要整洁一些。"

"我有一封你姐姐写来的信,"陌生人还站在原来的地方,"她给了我一种你和你父母一起被淹死了的印象。"

"你肯定弄错了,"卡特心不在焉地说,"我抱住了格温多琳,所以没淹死,而她是一个女巫。这边要干净得多。"

"我明白了,"陌生人说,"顺便说一下,我叫克里斯托曼奇。"

"啊!"卡特说。这是一场真正的危机。他把一帽兜苹果放在那些符咒中间,他很希望把它们毁掉。"那你赶快进客厅吧。"

"为什么?"克里斯托曼奇说,他似乎相当困惑。

"因为,"卡特被彻底激怒了,"你太重要了,不能待在这里。"

"什么使你觉得我重要?"克里斯托曼奇还是很困惑。

卡特开始想抓着他使劲摇晃一下了。"你肯定重要。你穿着大人物穿的衣服。而且夏普夫人说你很重要。她说诺斯托姆先生会仅仅因为你的三封信而给出他的眼睛。"①

---

① 原文为"She said Mr. Nostrum would **give his eyes** just **for** your three letters"。粗体字词组是"为了……愿意付出重大代价"的意思。从字面上也可理解为愿以眼睛交换。这就是下文的对话产生误解的原因。

"诺斯托姆先生已经因为我的信给出了他的眼睛?"克里斯托曼奇问,"那些信看起来根本不值得。"

"不。他只是因为它们给格温多琳上课。"卡特说。

"什么?为了他的眼睛?那多不舒服呀!"克里斯托曼奇说。

幸运的是,这时外面传来了咚咚的脚步声,接着格温多琳穿过厨房门闯了进来,她气喘吁吁,脸上喜气洋洋。"克里斯托曼奇先生?"

"只是克里斯托曼奇而已,"陌生人说,"是的。你就是格温多琳?"

"是的。诺斯托姆先生告诉我这儿有辆马车。"格温多琳喘着气说。

她身后是夏普夫人,她已经几乎喘不过气来了。她们俩接过了话茬,卡特感激地松了一口气。克里斯托曼奇最后同意被带往客厅,夏普夫人满怀敬意地为他上了一杯茶和一盘她做的无力地挥着手的姜饼人。卡特很有兴趣地发现,克里斯托曼奇似乎也不忍心吃它们。他喝下了那杯茶——很简单,没有奶或糖——然后问一些有关格温多琳和卡特怎么搬到这里和夏普夫人一起生活的问题。夏普夫人试图给他一种她出于好心,无偿照顾他俩的印象。她希望克里斯托曼奇在她的诱导下,像市议会一样给她支付生活费。

但是格温多琳已经决定把真相和盘托出。"市里付的钱,"她说,"因为每个人都对那次事故感到很难过。"卡特对她的解释感到很高兴,尽管他怀疑格温多琳可能正在像抛弃一件旧外套一样抛开夏普夫人。

"那我得去和市长谈谈。"克里斯托曼奇说。接着他站起身,在漂亮的袖子上掸掸那顶华丽的礼帽上的灰尘。夏普夫人叹息着低下了头。她知道格温多琳的话意味着什么。"别担心,夏普夫人,"克里斯托曼奇说,"谁也不希望你破产。"然后他跟格温多琳和卡特握握手说:"我从前本应该去探望你们的,当然。原谅我。你爸爸对我极端粗鲁,你们知道。希望我会再来看你们。"然后他坐上马车离开了,留下失望透顶的夏普夫人,喜不自胜的格温多琳和惴惴不安的卡特。

"你怎么这样高兴?"卡特问格温多琳。

"因为他被我们的孤儿生活触动了,"格温多琳说,"他准备收养我们。我的运气来了。"

"别说胡话!"夏普夫人厉声道,"你的运气和平时没什么两样。他也许穿着全套的漂亮衣服来过这里,但他什么都没说而且什么也没承诺。"

格温多琳自信地笑了笑。"你没看到我写的那封让人肝肠寸断的信。"

"也许吧。不过他的肝肠恐怕没有那么脆弱。"夏普夫人反驳道。卡特相当赞同夏普夫人——他有一种感觉,在格温多琳和夏普夫人回来之前,他莫名其妙地冒犯了克里斯托曼奇,像他爸爸从前所做的那样严重。他希望这件事别被格温多琳知道,否则她会对他大发脾气的。

但是,使他吃惊的是,格温多琳说对了。市长下午来访,告诉他们克里斯托曼奇安排格温多琳和卡特作为他的家庭成员的一部分,去和他一起生活。"我觉得我得通知你们,你们俩真是太幸运了。"他说。格温多琳发出一声欢叫,然后拥抱了沉着脸一言不发的夏普夫人。

卡特更紧张了。他拉拉市长的袖子。"对不起,先生,我不明白克里斯托曼奇是谁。"

市长和蔼地拍拍他的头。"一位非常显赫的绅士,"他说,"不久后你们就能跻身欧洲上流社会名人之列了。你觉得怎么样,嗯?"

卡特不知道该怎么想。这番话没有告诉他想要的答案,反而使他更紧张了。他觉得格温多琳的那封信一定写得非常动人。

于是卡特的生活发生了第二个巨大的变化,而且他担心那一定非常可怕。接下来的一周里,当他们在议员的妻子们的带领下匆忙购买衣物,当格温多琳变得越来越激动和得意洋洋,卡特感到他开始想念夏普夫人和其他的每个人,甚至拉金斯小姐,好像他已经离开了他们一样。在他们登上火车那天,市里为他们举行了一个盛大的送别仪式,用上了五颜六色的旗子和铜管乐队。这让卡特很不舒服。他紧张地坐在座位的边缘,担心等着自己的将是一段陌生甚至悲惨的时光。

但是格温多琳拉拉她漂亮的新裙子,然后正正好看的新帽子,大大方方地在座位上坐下来。"我成功了!"她兴高采烈地说,"卡特,是不是很了不起?"

"不,"卡特难过地说,"我已经想家了。你做了什么?你怎么能一直这么高兴?"

"你不会懂的,"格温多琳说,"不过我要告诉你一部分。我终于脱离了无精打采的伍尔夫科特——乏味的议员和傻里傻气的巫师!连克里斯托曼奇也被我征服了。你看到了,不是吗?"

"我没有特别注意,"卡特说,"我是说,我看见你对他很友好——"

"噢,闭嘴,否则我会给你点比抽筋更厉害的苦头尝尝!"格温多琳说。然后,随着火车终于喘着粗气从站台上开动。格温多琳朝铜管乐队挥挥戴着手套的手,一上一下,就像皇室的公主一样。卡特意识到她正在踏上征服世界的旅程。

第三章

火车旅行持续了大约一个小时,在火车喘息着驶进弓桥之后,他们下了车。

"这里小得吓人。"格温多琳挑剔地说。

"弓桥到了!"一个行李员一边沿月台跑,一边喊,"弓桥到了,小钱特一家请在这里下车。"

"小钱特一家!"格温多琳轻蔑地说,"难道他们不能待我们更尊重一点吗?"可是不管怎么说,这种关注使她高兴,卡特看得出来。在她戴上贵妇式的手套的时候,她的手因为激动而发抖。他畏缩地跟在她身后下了车,看到他们的行李也被抛到刮着大风的月台上。格温多琳走向那个喊叫的行李员。"我们就是小钱特一家。"她庄严地告诉他。

结果很无趣。那个行李员只是招呼他们跑向大厅的入口,那里的风甚至比月台上还大。格温多琳不得不用手捂着帽子。在那里,一个外套被风吹得哗啦啦响的年轻人朝他们大步走过来。

"我们是小钱特一家。"格温多琳告诉他。

"格温多琳和埃里克?很高兴见到你们,"那个年轻人说,"我是迈克·桑德斯。我将辅导你们和另外的孩子。"

"另外的孩子?"格温多琳傲慢地问他。但是桑德斯先生显然是那种站不住的人。他已经跑开去找他们的行李了。格温多琳有点气恼。但当桑德斯先生回来领着他们来到车站广场时,他们发现一辆汽车正等在那里——长长的车身,黑色的,外表闪闪发光。格温多琳忘记了她的气恼。她感到这是和她完全相称的。

卡特希望这是一辆马车。这辆车摇摇晃晃,开起来嗡嗡响,还有汽油味儿。他几乎立刻感到恶心起来。当他们离开弓桥,嗡嗡嗡地开上一条弯弯曲曲的乡下小路时,他觉得更难受了。他能看到的唯一的优势是汽车的速度非常快。仅仅十分钟后,桑德斯先生就指着前面说:"看——那里就是克里斯托曼奇城堡。从这里看视野最好。"卡特病恹恹的脸和格温多琳生气勃勃的脸同时朝他指的方向转过去。那座带有塔楼的城堡是灰色的,坐落在对面的小山上。接着路一转,他们发现它还有一个新的部分,有一排排的大窗户,一面旗子在城堡上方飘扬着。他们还看到了茂密的树木——墨绿色的,一层层的雪松和大榆树——还有一闪而过的草地和花朵。

"这里太了不起了。"卡特无精打采地说,他对格温多琳的沉默感到相当奇怪。他希望这条路在到达城堡前不要绕太多弯子。确实没有,他们的车飞快地驶过一个村镇广场,然后穿过了一座大门。接下来开过一条长长的林荫道,尽头就是城堡老旧部分的高大城门。汽车咯咯吱吱地开上城门前的碎石路。格温多琳急切地俯着身子,准备做第一个下车的人。很明显这里将有一个管家,也许还有男仆。她对自己的盛大出场迫不及待。

但汽车还在往前开,穿过旧城堡粗糙的灰色城墙,在城堡较新部分开始处的一个不起眼的偏门处停了下来。这里几乎是一处密门,掩映在一大片杜鹃花树后面。"我带你们走这边,"桑德斯先生高高兴兴地解释说,"因为这道门你们以后会经常用到,我想如果你们开始在这里生活的话,先熟悉一下这里会比较好。"

卡特一点也不在意。他觉得这扇门看起来更亲切。但格温多琳期待的盛大出场落了空,她恼怒地看了桑德斯先生一眼,盘算着是不是赏他一个最令人不快的咒语。她决定暂时放弃。她仍旧希望给人一个好印象。他们下了车,跟着桑德斯先生——他的外套很容易呼啦呼啦地动,似乎在没风的时候也一样——走过一条亮闪闪的正方形通道进了室内。一位仪表非凡的女士正等在那里迎接他们。她穿着一件紧身的紫色长裙,头发挽成一个很高的黑色发髻。卡特想她肯定是克里斯托曼奇夫人。

"这是女管家贝瑟默小姐,"桑德斯先生说,"埃里克和格温多琳,贝瑟默小姐。恐怕埃里克有点晕车。"

卡特还没有意识到他的不适原来这样明显。他有点窘迫。格温多琳因为只有一个管家来迎接自己而气愤不已,她冷冷地向贝瑟默小姐伸了一只手。

贝瑟默小姐像女王一样和她握了握手。当她带着异常和蔼的微笑转向卡特时,卡特正在想她是自己所见过的最令人敬畏的女士。"可怜的埃里克,"她说,"坐汽车对我来说也一直是一种烦恼。从那个东西里出来后你就会没事的——如果你还不舒服的话,我会给你点东西治疗一下的。过来洗个脸,然后看看你们的房间。"

他们跟在她的长裙后摆的紫色三角后面上了一些台阶,走过几条走廊,然后又上了另外一些台阶。卡特从来没见过这样豪华的地方。沿途的地面上都铺着地毯——一种柔软的绿色地毯,像带着晨露的青草一样的绿色——而且地毯两侧的地板都擦得很亮,映着地毯的绿色,洁净的白色墙壁和墙上悬挂的图画。每个地方都非常宁静。一路走来,除了他们的脚步声和贝瑟默小姐裙摆的沙沙声,别的什么声音都没听到。

贝瑟默小姐推开一扇门,一束午后的阳光射了出来。"这是你的房间,格温多琳。你的浴室已经打开了。"

"谢谢你。"格温多琳仪态万方地走进去,占有了那间房间。卡特从贝瑟默小姐身后看过去,发现那个房间非常大,一张豪华而柔软的土耳其地毯覆盖着大部分地面。

贝瑟默小姐说:"如果没有来访者而且他们可以和小孩一起吃饭的话,家里的晚饭一般比较早。尽管如此,我希望你们先喝点茶。我该把茶送到谁的房间呢?"

"请送到我的房间。"格温多琳立刻说。

在贝瑟默小姐说话前有片刻停顿。"哦,那就决定了,是吗?你的房间在上边这里,埃里克。"

去房间里要爬上一个盘旋的楼梯。卡特很高兴。他的房间似乎应该是旧城堡的一部分。他猜对了。当贝瑟默小姐打开房门的时候,房间的外壁是圆形的,从三扇窗户看墙壁几乎有三英尺厚。卡特情不自禁地跑过色彩鲜艳的地毯,爬到一扇窗户的窗台上往外看。他发现雪松林外面是一片像绿天鹅绒一样的大草坪,再远处是沿着山坡呈阶梯状向下分布的一片片花园。然后他又四下打量了一下房间。弧形的墙壁刷成白色,深深的壁炉也是白色。床上有一条拼布床单。房间里还有一张桌子,一个抽屉柜,还有一个上面放着看起来很有趣的书的书架。

"噢,我喜欢这里!"他对贝瑟默小姐说。

"恐怕你的浴室在走廊那边。"贝瑟默小姐说,好像这是一个缺点一样。不过,因为卡特以前从来没有过自己的个人浴室,他一点儿也不介意。

贝瑟默小姐一走,他就迫不及待地跑到浴室看。让他惊叹的是,浴室里有三种大小不同的红色毛巾和一块跟甜瓜一样大的海绵。浴盆有着狮子一样的脚。房间的一角铺着地砖,挂着红色的橡胶帘,是淋浴用的。卡特忍不住想尝试一下。等他结束淋浴后,浴室里变得非常潮湿。他湿淋淋地回到房间。这时他的行李箱已经摆在房间里了,一个红头发的女仆正在整理。她告诉卡特她叫玛丽,还问他东西放置的地方是否恰当。她很讨人喜欢,但是卡特感到很害羞。她的红头发使他想起拉金斯小姐,而且他不知道该怎么跟她说话。

"呃——我能下去喝点茶吗?"他结结巴巴地说。

"请自便。"她说——口气相当冷淡,卡特想。他再次跑下楼,感到自己也许一开始就和她弄僵了。

格温多琳的行李箱放在她的房间正中,她本人则以非常高贵的姿势坐在靠窗的圆桌旁,面前放着一个大大的白镴茶壶,一碟黑面包和黄油,还有一碟饼干。

"我告诉那个女孩我要自己整理,"她说,"我的行李箱和盒子里有秘密。然后我让她马上端茶来,因为我饿了。你看看!你见过这样让人提不起兴趣的东西么?连果酱都没有。"

"也许饼干不错。"卡特满怀希望地说。但饼干的味道并不好,至少不是特别好。

"我们会在这些奢侈品里饿死的!"格温多琳一声长叹。

她的房间当然称得上奢华。墙纸似乎是用蓝色天鹅绒做的。床头和床脚都像椅子一样装着软垫,用的是缀着纽扣的蓝色天鹅绒,和蓝色天鹅绒的床单很般配。椅子是漆成金色的。还有一张配得上公主身份的梳妆台,带着金色的小抽屉,金背梳子,还有一面长长的椭圆形的镜子,镶在金色花冠镜框里。格温多琳承认她喜欢这张梳妆台,但她对衣橱没有明确表态,那上面绘着花环,还有五朔节花柱旁的舞蹈者。

"那是往里面挂衣服用的,不是用来看的,"她说,"它分散了我的注意力。不过浴室很可爱。"

浴室里铺着蓝色和白色的地砖,浴盆是嵌在地板里的。浴盆上挂着蓝色的帘子,像婴儿的摇篮一样,这是在淋浴时用的。浴巾也和地砖很般配。卡特还是喜欢自己的浴室,但也许是因为他不得不在格温多琳的浴室里逗留了很长时间。格温多琳在整理行李的时候把他锁在了浴室里。透过淋浴器发出的嗞嗞声——格温多琳随后发现浴室里湿透的话只能怪自己了——卡特听到格温多琳愤怒地提高声音斥责某个人的声音,大概后者进来端走茶盘时撞见了她打开的行李箱。等格温多琳终于打开浴室门的时候,她仍然怒气冲冲。"我认为这里的仆人很没礼貌,"她说,"如果那个女孩多说一句,她会发现自己的鼻子上长了个疖子——即使她的名字叫尤菲米娅。"接着她又宽容地补充道:"但我认为被叫做尤菲米娅对任何人都是足够的惩罚。你得回去穿上你的新套装,卡特。她说半个小时后吃晚饭,我们得为了晚饭换上套装。你听过这么老套和不近人情的话吗?"

"我以为你正盼着这种事情呢。"卡特说,他是肯定不喜欢这样的做派。

"你可以既庄重又自然。"格温多琳反驳说。但毕竟即将来临的盛典对她是一种安慰。"我应该穿我带花边领的蓝色长裙,"她说,"我的确认为取名尤菲米娅对任何人都是一个难以承受的负担,无论他们多没礼貌。"

在卡特沿着螺旋楼梯上楼时,城堡里响起了神秘的隆隆声。这是他进入城堡以来听到的第一次噪音。这个声音令他警觉。他后来才知道那是更衣钟,提醒家庭成员还有半个小时时间更衣就餐。卡特换衣服当然用不了那么多时间。所以他又洗了一次澡。当那个不幸名叫尤菲米娅的女仆来带他和格温多琳下楼的时候,他觉得身上又湿又软,晕晕乎乎。一家人正在客厅里等他们,穿着美丽蓝色长裙的格温多琳信心十足地走了进去。卡特慢腾腾地跟在后面。房间里看上去似乎全是人。卡特根本不知道所有这些人是怎么变成家庭的一部分的。其中有一位戴着蕾丝连指手套的老妇人,还有一位声音洪亮、正在谈论股票和证券的浓眉毛的小个子男人;桑德斯先生,他的长手长脚比身上亮闪闪的黑色套装长了不少;还有至少两位年轻女士,两位年轻男子;卡特也看到了身穿深红色天鹅绒套装,光彩照人的克里斯托曼奇;而克里斯托曼奇看见卡特和格温多琳后,带着一种暧昧、困惑的微笑注视着他们,这笑容使卡特非常肯定克里斯托曼奇已经忘记了他们俩是谁。

"哦,"克里斯托曼奇说,"呃,这是我妻子。"

他们被领到一位面容温和的丰满女士身前。她穿了一条华丽的蕾丝长裙——格温多琳的眼睛带着相当的敬畏上上下下打量了好几次——否则她就是他们见过的最普通的女士中的一位。她友好地对他俩微笑着。"埃里克和格温多琳,对吗?你们一定要叫我米莉,亲爱的,"这是一种解救,因为他俩都不知道应该如何称呼她,"现在你们一定要来见见我的朱莉娅和罗杰。"她说。

两个胖乎乎的小孩跑过来站在她身边。他们俩都脸色苍白,而且有点气喘吁吁的样子。那个小女孩穿着和她妈妈一样的蕾丝长裙,男孩则穿着蓝天鹅绒套装,但什么衣服都不能掩盖一个事实,他们的长相甚至比他们的母亲更普通。他们彬彬有礼地看着格温多琳和卡特,四个人都说:"你们好!"然后似乎没什么别的话说了。

幸运的是他们没在那儿站多长时间,很快一个男管家赶了过来,打开房间尽头的一道双扇门,告诉他们晚饭准备好了。

格温多琳以极大的愤怒盯着那个男管家。"为什么他不为我们开门?"她在随着参差不齐的队伍走进餐室的时候对卡特小声说,"为什么用那个女管家来敷衍我们?"

卡特没有回答。他只顾紧跟着格温多琳。他们正被安排着围坐在一张光可鉴人的长餐桌上,要是有人不把卡特安排在格温多琳身边坐的话,他觉得他会吓晕过去。幸好没有人做这样的尝试。即使如此,这顿饭也够吓人的。仆人一直推着装在银餐盘里的可口食物从他左肩一侧上菜。每一次这样他都会惊得跳起来,然后轻轻推着盘子。就餐是要自己从盘子里取食的,但他从来不知道自己可以取多少。但他最大的麻烦是左撇子。汤匙和叉子是用来从仆人的盘子里取食物给自己的,但方向不对总是不顺手。他换换手,却掉了汤匙。他试图不管它们,又弄洒了肉汤。那个仆人总是说:"别担心,先生。"这反而使他更感到无地自容。席间的谈话更可怕。在桌子一头,那个大嗓门的小个子无休无止地谈论着股票和证券。而在卡特这头,他们在讨论艺术。桑德斯先生似乎花了一个夏天去国外旅游。他欣赏了欧洲各地的雕塑和油画,而且对它们非常倾心。他谈得如此热心,讲到兴起时还不时拍拍桌子。他谈到了工作室和学校,十五世纪和荷兰内景画,讲得卡特的头跟着他转来转去。卡特盯着桑德斯先生瘦削的方脸孔,对那张脸背后的所有那些知识感到惊讶极了。然后米莉和克里斯托曼奇也加入进来。米莉引用了一串卡特闻所未闻的名字。克里斯托曼奇则对他们一一点评,仿佛那些名字都是他的老朋友一样。不管这个家庭的其他成员如何,卡特想,克里斯托曼奇绝不是平常人。他有着极黑亮的眼睛,即使在他发呆和沉思的时候也显得神采逼人。在他感兴趣的时候——就像现在——那双眼睛发出的光彩似乎照亮了他脸上的其余部分。而且,让卡特沮丧的是,那两个小孩也一样兴致勃勃。他们一直在轻声交谈,仿佛他们确实了解他们的父母正在谈论的东西一样。

卡特感到自己毫无指望的愚昧。这些谈话,还有不时突然出现的银餐盘带来的烦恼,加上喝茶时吃的那些乏味的饼干,他感到自己根本没有胃口。他不得不放下了吃了一半的冰激凌布丁。他羡慕格温多琳能坐得那么安然,而且能够面带蔑视地享受着她的食物。

终于结束了。他们得到允许逃到格温多琳的软垫床上放松下来。

"多么幼稚的花招!"她说,"他们这样炫耀只是为了使我们感到渺小。诺斯托姆先生警告过我他们会这样干。这是为了掩盖他们灵魂的浅薄。多么可怕、乏味的妻子!你见过任何像那两个小孩一样平凡和愚蠢的人吗?我知道我要憎恨这里了。这个城堡让我大失所望。"

"等我们习惯的话也许就没那么糟了。"卡特说,尽管不抱希望。

"会更糟糕的,"格温多琳向他断言,"这座城堡有问题。它有一种坏影响,还有一种死寂的气氛。它正在把我的生命和魔法挤压出去。我几乎不能呼吸。"

"这是你的想象,"卡特说,"因为你想回去和夏普夫人一起住。"他叹了口气。他非常想念夏普夫人。

"不,这不是想象,"格温多琳说,"我以为这种力量强到连你也能感觉到呢。继续,试一下。难道你感觉不到那种死寂吗?"

卡特其实不需要试就明白她的意思。这座城堡有点奇怪。他本来以为这只是因为这里太安静。但不尽如此:这里的环境里似乎有一种软软的东西,一种重量,好像他们的动作和声音都被蒙在一床巨大的羽绒被下。平常的声音,比如他们的对话声,似乎变得微弱。而且没有回音。"是的,很奇怪。"

"不仅仅是奇怪——这是可怕,"格温多琳说,"要是我能活下去的话我应该很幸运。"让卡特吃惊的是,她又补充说:"所以我来这里不觉得难过。"

"我难过。"卡特说。

"哦,你需要关心!"格温多琳说,"好吧。梳妆台上有一副牌。它们是占卜用的,真的,但是如果把王拿出来的话,我们可以用它们来玩'拉大车'①,如果你愿意的话。"

---

① 一种儿童牌戏,可两人玩或多人玩。每人分一沓牌,不准看牌,大家轮流出牌,后出的牌成阶梯状压在先出的牌上,当出现两张相同牌时出牌者可收走这两张牌及中间夹的牌,牌出尽者输。

第四章

第二天早晨,当红头发的玛丽叫醒卡特,告诉他起床时间到了的时候,同样的柔软和寂静仍然存在。明亮的晨曦流进他房间的弧形墙壁。尽管卡特现在知道城堡里有很多人,但他听不到他们的任何声音,也听不到窗外的任何声音。

我知道这像什么!卡特想。这就像晚上下雪的时候。这个想法让他感到如此快乐如此温暖,所以他又重新睡着了。

"你真的必须起床了,埃里克,"玛丽摇晃着他说,"我已经为你放了洗澡水,你的上课时间是九点。动作快点,不然你就没时间吃早饭了。"

卡特起了床。他有着很强烈的夜里下雪的感觉,所以在看到房间沐浴在温暖阳光下的时候感到相当吃惊。他从窗户往外看去,满眼的绿草坪和鲜花,还有在树梢盘旋的乌鸦,仿佛那里出了什么问题一样。玛丽走了。卡特很高兴,因为他一点儿也不觉得自己喜欢她,而且他很怕错过早饭。他穿好衣服后,走到浴室放空了浴盆里的热水。然后他冲下螺旋楼梯去找格温多琳。

"我们去哪里吃早饭?"他焦急地问她。

格温多琳早上从来不在状态。她正坐在花冠梳妆镜前的蓝天鹅绒凳子上,满脸不高兴地梳着她的金色长发。梳头发是另一件总是令她心情不好的事。"我不知道而且我也不在乎!闭嘴!"她说。

"那就没办法说话了。"那个名叫尤菲米娅的女仆说,她是跟卡特前后脚进房间的。她是个相当可爱的女孩,而且她似乎没觉得她那个本应是负担的名字是一种负担。"我们正在那里等着你们吃早饭呢。来吧。"

格温多琳意味深长地扔下梳子,他们跟着尤菲米娅沿走廊到了一个不远处的房间。那是个四方形的房间,有一排大窗户,通风很好。不过,和城堡里的其他房间比较起来,这里相当破旧。皮椅子是旧的,草绿色的地毯上有明显的污渍,没有一个碗橱能正常关闭。里面塞满了发条火车和网球拍之类的东西。朱莉娅和罗杰已经坐在窗户旁的一张桌子上等着了,他们身上穿着和这个房间一样陈旧的衣服。

同样已经等在那里的玛丽说:"时间正好!"然后开始操纵

壁炉旁一个碗柜里的升降机。叮当一声响过，玛丽打开升降机，取出一大盘面包和黄油，还有一壶冒着热气的可可。她把食物放到桌子上，然后尤菲米娅给每个孩子倒了一杯可可。

格温多琳把目光从她的杯子转到那盘面包上。"全部只有这些吗？"

"你还想要别的什么？"尤菲米娅问。

格温多琳找不到词来表达她的需要。麦片粥，熏肉和鸡蛋，西柚，烤面包和腌鱼一瞬间涌到她的嘴边，所以她只能瞪着眼。

"做个决定，"最后尤菲米娅说，"我也要吃早饭呢，你得知道。"

"这里有没有橘子酱？"格温多琳说。

尤菲米娅和玛丽立刻对视了一眼。"朱莉娅和罗杰不可以吃橘子酱。"

"没人禁止我们吃，"格温多琳说，"马上给我一些橘子酱。"

玛丽走向升降机旁的通话筒，在一番隆隆声和另外一声叮当之后，一罐橘子酱到了。玛丽拿着它放在格温多琳面前。

"谢谢你。"卡特热情地说。他和格温多琳一样渴望橘子酱——甚至有过之而无不及,因为他讨厌可可。

"噢,没什么,真的!"玛丽以明显的挖苦口气说,然后和尤菲米娅一起出去了。

一开始,谁都没说话。然后罗杰对卡特说:"请把橘子酱递过来。"

"你不许吃这个。"格温多琳说,她的脾气还是一点没改。

"只要我用你们的餐刀,谁都不会知道的。"罗杰沉着地说。

卡特把橘子酱和自己的餐刀一起传给他。"为什么不许你们吃这个?"

朱莉娅和罗杰以温和而诡秘的样子对视了一眼。"我们太胖了。"朱莉娅说,她镇定地在罗杰用完后拿起了餐刀。卡特在看到他们在面包上涂了多少果酱后就不觉得吃惊了。橘子酱在他们的面包上堆得像一座棕色的小山。

格温多琳嫌恶地看着他们,然后又相当得意地看着自己整洁的亚麻长裙。那种对比确实太惊人了。"你们父亲那么英俊,"她说,"你们俩都像你妈妈一样既胖又平凡,这对他来说肯定是个很大的打击。"

两个孩子隔着橘子酱的小山平静地看着她。"哦,我可不知道。"罗杰说。

"胖胖的很舒服,"朱莉娅说,"长得像个瓷娃娃一定很讨厌,就像你那样。"

格温多琳瞪圆了蓝眼睛。她在桌子下做了个小手势。朱莉娅手里的面包和厚厚的果酱突然飞了起来,打到她的脸上——涂果酱的一面是朝里的。朱莉娅喘了口气。"你竟敢惹我!"格温多琳说。

朱莉娅慢慢把面包从脸上揭下来,然后摸出了一条手绢。

卡特以为她要擦脸。但她让果酱留在那里,顺着她圆圆的脸颊往下滴,然后在手绢上打了一个结。她慢慢把那个结拉紧,在这样做的同时,她直视着格温多琳。随着最后一拉,她面前那壶半满的可可冒着热气飞到了空中,它在空中停了一秒钟,然后移向旁边,悬在格温多琳的头顶,然后那把可可壶在空中摇晃着,开始倾斜起来。

"住手!"格温多琳气喘吁吁地叫道。她伸手去挡。那壶可可闪开后继续倾斜。格温多琳又做了一个手势,喘着气开始说一些奇怪的词。但那把壶根本不为所动,一直倾斜到将流未流的程度。格温多琳把身子侧到一边想躲开。那把壶在空中摇摇晃晃地移动着,再次悬到了她的头顶。

"我该泼下去吗?"朱莉娅问,果酱下露出一丝笑容。

"你敢!"格温多琳尖叫道,"我要向克里斯托曼奇告发你!我要——啊!"她再次坐直身子,而那把壶忠实地跟随着她。格温多琳又伸手抓了一次,它又闪开了。

"小心。你会把它弄洒的。那样你的漂亮裙子就倒霉了。"罗杰得意洋洋地说。

"闭嘴,你!"格温多琳冲他大叫一声,侧身朝另一个方向躲开,这样她几乎躲到了卡特膝盖上。卡特仰头紧张地看着可可壶飞过来悬在他头上,似乎要倒下来了。

不过,就在这时,门开了,克里斯托曼奇走了进来。他穿着一件绣花的丝质便袍,颜色红紫相间,颈部和袖子则是金色。这件衣服使他显得惊人地高,惊人地瘦,而且极为威严。他就像一个帝王,或者一个特别严厉的主教。他进门的时候脸上挂着笑容,但在看到那把壶后笑容就没了踪影。

可可壶也试图消失。它在他的目光下朝桌子上逃去,快得里面的可可溅到了格温多琳的裙子上——这也许不是一场意外。朱莉娅和罗杰都显得很吃惊。朱莉娅慌忙解开了手绢上的结。

"啊,我是来说声早上好的,"克里斯托曼奇说,"但看来这里不太好。"他的目光从可可壶转到朱莉娅脸上发亮的橘子酱上。"如果你们俩再想吃橘子酱,"他说,"你们最好照告诉过你们的那样做。你们四个都一样。"

"我什么错事都没做。"格温多琳说,好像黄油——更不要说橘子酱——以后不会在她嘴里融化一样。

"不,你做了。"罗杰说。

克里斯托曼奇走到餐桌尽头,居高临下地看着他们,双手插在他那件华丽便袍的口袋里。他看上去那么高,卡特不由得怀疑他的头是否触到了天花板。"在这个城堡里有一个绝对的规矩,"他说,"你们都要牢记在心里,在没有迈克·桑德斯在场监督的情况下,小孩子不能练习任何种类的魔法。你明白吗,格温多琳?"

"明白。"格温多琳说。她咬着嘴唇,双手紧握,但她仍然气得发抖。"我拒绝遵守这么愚蠢的规矩。"

克里斯托曼奇似乎没有听见,或者没有注意到她有多愤怒。他转向卡特:"你也听明白了吗,埃里克?"

"我?"卡特吃惊地说,"是的,当然。"

"很好,"克里斯托曼奇说,"那么我该说早上好了。"

"早上好,爸爸。"朱莉娅和罗杰说。"呃——早上好。"卡特说。

格温多琳装作没听见。克里斯托曼奇笑了笑,然后快步走出了房间。

"打小报告!"门刚关上,格温多琳就对罗杰说,"而且那个壶是个肮脏的把戏!你们俩是一起干的,对不对?"

罗杰懒懒地微笑着,满不在乎。

"魔法在我的家庭里流动。"他说。

"我们都继承了魔法,"朱莉娅说,"我得去洗洗。"她抓了三片面包,一边走一边对罗杰说:"告诉迈克我一会儿就到,罗杰。"然后她离开了房间。

"再来点可可?"罗杰端起可可壶,有礼貌地问。

"好的,谢谢。"卡特说。他对吃或喝任何施过魔法的东西没有任何负担,而且他渴了。他认为如果在嘴里填满橘子酱喝可可的话,也许就不会有可可味了。但是,格温多琳认定罗杰是在激怒她。她别开身子,始终傲慢地盯着墙壁,直到桑德斯先生突然打开一扇卡特开始没注意到的门,高高兴兴地对他们说:"快点,各位,上课时间到了,来这里接受一些提问吧。"

卡特匆忙吞下可可味的橘子酱。那扇门背后原来是一间教室。那是一间真正的教室,尽管里面只有四张桌子。教室里有黑板,一个地球仪,水磨石的学校地板,而且还有一股学校味儿。里面还有一个不可或缺的玻璃面板的书架,书架上是供交换的灰绿色和蓝色封面的书籍。墙上是一些桑德斯先生认为很有趣的大幅雕像图片。

两张褐色的旧书桌,另外两张是上了清漆的崭新的黄色书桌。格温多琳和卡特默默地坐在两张新书桌后面。朱莉娅匆匆跑进教室,刚洗过的脸上放着光,她在罗杰旁边的一张旧书桌后面坐了下来,然后提问开始了。桑德斯先生迈着大步笨拙地在黑板前走上走下,问起了尖刻的问题。他的斜纹软呢外套向背后飘起来,就像那天他的外套在风里的样子。也许这就是他外套的袖子相对于他的长胳膊总是显得太短的原因。他伸出一条长胳膊,露出瘦骨嶙峋的手腕,一根尖尖的手指指向卡特。"在玫瑰战争里魔法扮演了什么角色?"

"呃,"卡特说,"嗯。我不知道,先生。"

"格温多琳。"桑德斯先生说。

"啊——一个非常大的角色。"格温多琳信口开河地说。

"错了,"桑德斯先生说,"罗杰。"

从提问一开始,就能看出罗杰和朱莉娅暑假里把功课忘了不少,即使如此,他们在大部分问题上的表现比卡特强得多,而且几乎样样比格温多琳强。

"你在学校学的是什么?"桑德斯先生有点恼火地问她。格温多琳耸耸肩。"我已经忘记了。那些东西很无聊。我感兴趣的是魔法,我希望继续学习魔法,拜托。"

"恐怕你不能。"桑德斯先生说。

格温多琳瞪大眼看着他,几乎不能相信自己的耳朵。"什么!"她几乎尖叫着说,"但是——但我非常有天赋!我必须继续学习魔法!"

"你的天赋会保留,"桑德斯先生说,"你可以在学习过其他一些东西后再继续学习魔法。打开你的数学课本,给我把前五道题做出来。埃里克,我认为我要让你学点历史。给我写一篇卡纽特国王统治时期的小论文。"然后他又给罗杰和朱莉娅布置了作业。

卡特和格温多琳打开课本。格温多琳的脸先是红色,然后又变成白色。当桑德斯向罗杰俯下身子的时候,她的墨水池无声地从底座上飞起来,把墨水倾倒在桑德斯先生飘逸的斜纹软呢外套的后背上。卡特咬着嘴唇以防自己笑出声来。朱莉娅则以冷冷的兴趣观看着。桑德斯先生似乎没有觉察。

那个墨水池又悄然回到了底座上。"格温多琳，"桑德斯没转身，"把墨水瓶和漏斗从柜子底下拿出来，把你的墨水池添满。拜托别倒错。"

格温多琳得意洋洋，挑战似的站起来，找到了墨水瓶和漏斗，开始倒墨水。十分钟后，她还在倒。她的脸上起初有点困惑，然后变得通红，继而因为恼怒而变得煞白。她试图放下墨水瓶，但是发现不行。她试着念起一个咒语。

桑德斯先生转身看着她。

"你太讨厌了！"格温多琳说，"另外，你在场的时候我们是可以使用魔法的。"

"谁也不能向他们的老师身上泼墨水，"桑德斯先生笑眯眯地说，"而且我已经告诉过你要暂时放弃魔法。接着倒，直到我让你停为止。"

格温多琳又继续倒了半个小时墨水，每一分钟她都变得更加恼怒。

卡特印象深刻。他认为桑德斯先生是个相当强大的魔法师。的确，当他再去看桑德斯先生的时候，他的后背上没有一点墨水的痕迹。卡特一直在关注着桑德斯先生，为了决定在安全的时候把笔从右手换到左手。他因为用左手写字受到了太多的惩罚,所以对监视老师很有心得。当桑德斯先生转过身来的时候,他就用右手,写得很慢而且很不情愿。但只要桑德斯先生一扭头,卡特就熟练地把笔换到左手。这样做最主要的麻烦是,为了不让左手沾染墨迹,他不得不把纸拿到侧面。不过在桑德斯先生可能把目光转向他之前,他会相当熟练地把课本竖起来。

半个小时过去了,桑德斯先生同样没有转身,告诉格温多琳可以停下来做算术题了。然后,他同样不用转身,对卡特说:"埃里克,你在干什么?"

"卡纽特国王的小论文。"卡特无辜地说。

这时桑德斯先生突然转过身子,这时课本已经竖了起来,卡特正用右手拿着笔。"你在用哪只手写字?"他问。卡特对此已经习惯了,他举起拿着笔的右手。"在我看来是两只手,"桑德斯先生走过来,看看他写的那张纸,"是两只手写的。"

"可是这根本看不出来。"卡特可怜巴巴地说。

"不太明显,"桑德斯先生表示赞同,"你用两只手交替写字是为了好玩,还是为了别的原因?"

"不,"卡特坦白,"因为我是左撇子。"

然后,正如卡特担心的那样,桑德斯先生勃然大怒。他的面孔变得通红。他在卡特的书桌上拍了一巴掌,把卡特和墨水池都惊得跳了起来,墨水溅到了桑德斯先生的大手和卡特的论文上。"左撇子!"他咆哮道,"那么为什么你这个穿着黑套装的绅士不用左手写字呢,孩子?"

"他们——如果我用左手,他们就惩罚我。"卡特战栗着,结结巴巴地说,因为发现桑德斯先生由于这个奇怪的原因生气而不知所措。

"那应该把他们捆成粽子放在火上烤!"桑德斯先生咆哮道,"无论他们是谁!听他们的话对你造成了无尽的祸害,孩子!如果我发现你再用右手写字,你就有真正的大麻烦了!"

"好。"卡特放了心,但还是非常震惊。

他发愁地看着那张溅上墨水的论文,盼着桑德斯先生也在上面用点小魔法。但是桑德斯先生拿起作业本,撕掉了那张纸。

"现在好好再写一遍!"他把作业本拍到卡特面前。

卡特还在重写卡纽特论文的时候,玛丽端着一盘牛奶和饼干还有给桑德斯先生的一杯牛奶进来了。用过点心后,桑德斯先生告诉卡特和格温多琳说他俩在午饭前可以自由活动。"不是因为你们上午的功课表现好,"他说,"出去呼吸点新鲜空气吧。"在他们走出教室后,他又转向罗杰和朱莉娅,"现在我们复习一点魔法,"他说,"希望你们还没全部忘掉。"

格温多琳在门口站住,回头看着他。

"不,不是你,"桑德斯先生对她说,"我告诉过你了。"

格温多琳一转身跑开了,穿过破旧的娱乐室,跑过一条走廊。卡特拼命地追她,但直到城堡里一个宽敞得多的地方才追上,那里有一座宽大的盘旋楼梯通向下面,光从上方精美的穹顶照下来。

"走错路了。"卡特气喘吁吁地说。

"不,没错,"格温多琳厉声说,"我要去找克里斯托曼奇。为什么那两个肥胖的小傻瓜能学魔法而我不能?我的天赋比他们强一倍。他们让一壶可可飘浮起来就要用两个人!所以我要找克里斯托曼奇。"

运气说来就来,话音刚落,克里斯托曼奇就从另一侧楼梯出现了,沿着画廊走了过来。他没有穿那件威严的便袍,而是穿了一身浅黄褐色的套装,但是看上去似乎更加高雅。从他的神色来看,他似乎对身边的一切都视而不见。格温多琳跑过楼梯的大理石柱站到他面前。克里斯托曼奇眨眨眼,一脸茫然地看看她,然后又看看卡特。"你们俩有一个人要找我?"

"对,是我,"格温多琳说,"桑德斯先生不给我们上魔法课,我希望你告诉他必须给我们上。"

"噢,但我不能那样做,"克里斯托曼奇茫然地说,"抱歉,就这样吧。"

格温多琳跺着脚,但一点声音也没发出来,即使是在大理石地板上,而且没有任何回声。她被迫大声抗议:"为什么不能?你必须,你必须,你必须!"

克里斯托曼奇惊讶地凝视着她,仿佛刚看到她一样。"你看起来很生气,"他说,"但恐怕这是无法改变的。我告诉过迈克·桑德斯绝对不教你们俩魔法。"

"你这样说?为什么不?"格温多琳高声叫道。

"因为你注定会滥用它。当然,"克里斯托曼奇说,仿佛理所当然一样,"我会在大约一年后再作考虑,如果你仍然愿意学习的话。"他和蔼地对格温多琳笑了笑,显然期望她对这个回答满意,然后飘然下了楼梯。

格温多琳愤愤地踢了一下楼梯栏杆,结果弄痛了脚。疼痛使她陷入了桑德斯先生一样的暴怒。她跳着脚在栏杆前尖叫,把卡特吓得要死。她在克里斯托曼奇背后晃晃拳头。"我会给你点颜色看的!你等着!"她高声叫道。但克里斯托曼奇早已转过拐角消失了踪影,也许他根本听不到。连格温多琳最尖厉的声音在这座城堡里听起来也变得微弱而无力。

卡特很困惑。这座城堡是怎么了?他抬头望望光线透进来的穹顶,心想格温多琳的尖叫声本来应该像魔鬼一样四处回荡的。相反,结果只造成了一些微弱、沉闷的声音。在等着她发泄完怒气的时候,他实验性地把手指放进嘴里,使出吃奶的力气吹了一声口哨。口哨声怪异而沉闷,就像一只旧靴子发出的嘎嘎声。那个戴着露指手套的老妇人从画廊那边的一扇门里探出头来。

"你们这些聒噪的小鬼!"她说,"要是你们喜欢尖叫和吹口哨,你们必须到外面干,知道吗?"

"噢,来吧!"格温多琳气呼呼地对卡特说,于是两个人跑到他们熟悉的城堡里。经过一阵摸索后,他们发现了他们第一次进来时的那扇门,通过这扇门走了出去。

"让我们把每个地方都探索一下。"卡特说。格温多琳耸耸肩说正有此意,于是他们出发了。

穿过杜鹃花丛,他们发现自己置身于一片长着雪松树的巨大而平整的草地。这片草地覆盖着整个城堡较新部分的前部。在另一侧,卡特看到了最有趣的沐浴着阳光的旧墙,墙上长出了树。这无疑是一个更古老的城堡的废墟。卡特拉着格温多琳穿过城堡较新部分的大窗户,一路小跑朝它跑过去。不过,跑到中途,格温多琳停下来,用脚尖踢着修剪过的草地。

"嗯,"她说,"你认为这也算做城堡的一部分吗?"

"希望是的,"卡特说,"快来吧。我想探索一下那里的废墟。"

但是,他们抵达的第一段墙是一段矮墙,穿过墙上的一道门,他们走进了一个整洁的花园。花园里有一条条宽敞的碎石路,每条路都很直,夹在整齐的篱笆中间。这里到处是紫杉树,被严格修剪成金字塔的形状,而且所有的花都是黄色的,整整齐齐的一丛一丛。

"没劲。"卡特说,接着他带路去更远处的废墙。

但那里又是一堵较低的墙,穿过那堵墙外面是一座果园。这是一座非常规整的果园,里面所有的树,长在弯弯曲曲的碎石路两侧,就像篱笆一样。这些树上结着苹果,有一些相当大。经克里斯托曼奇说了一番偷窃的话后,卡特不太敢去摘,但是格温多琳摘了一颗又大又红的伍斯特苹果,在上面咬了一口。

一个园丁立刻从一个角落出现了,告诉他们摘苹果是受禁止的。

格温多琳把苹果扔在路上。"拿去吧,反正上面有个蛀虫。"

他们继续往前走,抛下那个伤心地盯着被咬过的苹果的园丁。废墟还没到,他们却路过了一个金鱼池,然后又进了一个玫瑰花园。在这里,格温多琳尝试性地去摘了一朵玫瑰。马上另一个园丁出现了,有礼貌地解释说他们不能摘玫瑰。所以格温多琳又扔掉了那朵玫瑰。这时卡特回过头一看,发现不知道怎么回事那座废墟在他们背后。他掉头往回走,但还是走不到。到了接近午饭时间,他突然走进了一条位于两道墙之间的陡峭小路,接着发现那座废墟正在上面,在那条小路的顶端。

卡特兴奋地爬上那条小路。前面那道被阳光晒成褐色的废墙比大多数房屋还高,墙顶上长了树。等他走近以后,发现墙上有一道看上去令人头晕的石头楼梯,事实上更像一条石梯。由于年深日久,石梯上长出了金鱼草和桂竹香,石梯和地面的连接处还长了几棵蜀葵。为了踏上台阶,卡特不得不扒开一棵开着红花的高大蜀葵。

刚踏上石梯,另一个园丁气喘吁吁地从那条陡峭的小路爬了上来。"你不能去那里!克里斯托曼奇的花园在上面,就在上面!"

"为什么不能?"卡特非常失望地问。

"因为那是不允许的,明白了吧?"

卡特慢腾腾地走开了,心里很不情愿。那个园丁站在石梯脚下确认他离开。"烦人!"卡特说。

"我对克里斯托曼奇禁止这个禁止那个的做法越来越恶心了,"格温多琳说,"到了给他点教训的时候了。"

"你准备怎么干?"卡特问。

"等着看吧。"格温多琳紧紧地抿起嘴唇——这是她心情最狂躁的标志。

第五章

格温多琳拒绝把她的计划告诉卡特。那意味着卡特将面临着一段非常忧郁的时光。在吃过芜菁加煮羊肉的健康午饭后,他们又开始上课了。课程一结束,格温多琳就匆忙跑开,而且不让卡特跟着她。卡特不知道该怎么办好。

"你想出去玩吗?"罗杰问。

卡特看看他,明白他只是礼节性地询问一下。"不,谢谢你。"他有礼貌地说。他不得不一个人在花园里游荡。草地后面有一片树林,里面全是马栗树,但它们离成熟还早。当卡特百无聊赖地往一棵树上看去的时候,发现树半腰有一个树屋。他刚想往上爬,这时他听到上面有声音,然后看到朱莉娅的衬衣在树叶间一闪。看来这个树屋也不是好去处。它是朱莉娅和罗杰的私人树屋,而且他们在里面。

于是卡特继续闲逛。他来到草地上,在那里看到了格温多琳,她正趴在一棵雪松下面,非常忙碌地挖着一些小洞。

"你在干吗?"卡特说。

"走开。"格温多琳说。

卡特走开了。他肯定格温多琳所做的是魔法,而且一定和教训克里斯托曼奇有关,但既然格温多琳这样鬼鬼祟祟,那么问她是毫无用处的。卡特只好等着。他一直等过了另一场令人恐惧的晚餐,然后又等了一个漫长的夜晚。格温多琳晚饭后就把自己一个人锁在房间里,他一敲门就告诉他走开。

第二天早晨,卡特醒得很早,一起床就急忙来到离他最近的一个窗户往外看。他立刻看到格温多琳干的是什么了。那块草地被毁掉了。它已经不再像一块平平展展的绿天鹅绒,而是变成了一片巨大的鼹鼠丘。放眼看去,草坪上除了一点点绿色外,都是一堆堆的新土。肯定有一大群鼹鼠在草地上忙了一整夜。十几个莫名其妙的园丁站在一起,挠着头看着那片草地。卡特披上衣服朝楼下冲去。

格温多琳穿着有花边的棉睡衣,正倚在窗边往外看,脸上骄傲地放着光。"看那儿!"她对卡特说,"是不是很了不起?有好几英亩呢。我昨天晚上用了几个小时才确保把那里全部毁掉。这大概会让克里斯托曼奇好好想想了。"

卡特相信她成功了。他不知道换这样一大片草皮要花多少,但相信那肯定是一大笔钱。他担心格温多琳这次惹下了大麻烦。

不过,让他惊讶的是,似乎没有人关心那块草坪。尤菲米娅一分钟后进了房间,但她说的话是:"你们俩吃早饭又要迟到了。"罗杰和朱莉娅则什么都没说。他们默默地接受了卡特递过去的橘子酱和他的餐刀,他俩唯一说的话是朱莉娅把卡特的餐刀碰落又捡起来的时候说的一句:"真讨厌!"而桑德斯先生给他们上课的时候,他的话都是和课程有关的。卡特断定没有一个人知道格温多琳引来了那些鼹鼠。他们根本不知道她是一个多么强大的女巫。

那天午饭后没有课。桑德斯先生解释他们星期三下午不上课是惯例。然后在吃午饭的时候,所有的鼹鼠丘都消失了。当他们从娱乐室的窗户往外看的时候,那块草地又恢复了原貌。

"我不相信!"格温多琳低声对卡特说,"这一定是幻觉。他们又在让我感到自己渺小了。"

午饭后他们出去查看。因为桑德斯先生坐在一株雪松下面,正在读一本似乎让他感觉很有趣的黄皮平装书,所以他俩都小心翼翼。格温多琳装作欣赏城堡的样子来到那片草地中间。她装作系鞋带,用手指戳了戳草皮。

"我不明白!"她说。作为一名女巫,她明白近在咫尺天衣无缝的草皮绝非幻觉。"一点问题都没有!怎么会这样呢?"

"肯定在我们上课的时候他们运来了新草皮。"卡特说。

"别犯傻了!"格温多琳说,"新草皮全是四四方方的,这可不是。"

桑德斯先生在叫他们。

在那一瞬间,卡特第一次见到格温多琳显得比平常忧虑。但她掩饰得相当好,像什么事都没发生一样带头来到桑德斯先生的躺椅旁。卡特发现那本黄皮书是法文的。兴致好到可以被一本用法文写的书逗笑,桑德斯先生一定是一个博学多识的魔法师。桑德斯先生把那本书面朝下放在恢复原貌的草地上,抬头向他们微笑道:"你们俩跑得太快了,我还没来得及给你们发零花钱。现在给你们吧。"他给了他们每人一枚银币。卡特看看自己的,那是一枚王冠[①]——整整五先令。他活这么大还从来没有过这么多可以自己支配的钱。桑德斯先

[①] 王冠(Crown piece),英国旧币值中一种面值五先令的硬币。

生接下来说的话更令他惊奇:"你们每个星期三都会得到五先令。我不知道你们是节俭的人还是挥霍的人。朱莉娅和罗杰经常去山下的村子把它们都用来买糖果。"

"谢谢你,"卡特说,"非常感谢。我们下山去村里吧,格温多琳?"

"我们去看看。"格温多琳同意了。她既想挑衅地留在城堡里,看看那些鼹鼠会带来多大的麻烦,又想借口离开落个轻松。"我希望克里斯托曼奇一意识到那是我干的就派人来叫我。"她在他们沿着林荫道下山的时候说。

"你认为是桑德斯先生把草坪复原的吗?"卡特问。

格温多琳皱着眉头说:"不可能是他,他当时正在给我们上课。"

"是那些园丁吗?"卡特提出,"他们里面有一些可能是术士。他们阻止我们的时候出现得确实太快了。"

格温多琳轻蔑地说:"想想那个意念力术士。"

卡特回想一下,有点怀疑了。那个意念力术士不比夏普夫人的天分更高。他常常被人雇用去做沉重的搬运工作,或者去让无能的马匹在比赛里获胜。"即使如此,"他争辩说,"他们可能是专家——园艺术士。"

格温多琳再次哈哈大笑。

村子就在城堡大门外面,坐落在城堡所在的山脚下。那是个风景优美的地方,村子中间是一片大草坪,草坪周围是一些店铺:一个漂亮的弓形门脸的面包房和同样漂亮的甜品店,还有邮局。卡特想两家都去看看,但格温多琳在第三家店停了下来,那是一家旧货店。卡特不介意进去看看。那家店看起来很有趣。但是格温多琳急躁地摇摇头,在一个正在附近闲逛的乡村男孩身边站住了。

"听说巴斯拉姆先生在这个村子里住,你能告诉我他住在哪里吗?"

那个男孩做了个鬼脸。"他?他很糟糕。如果你真想知道的话,从那里走下去,在那条巷子尽头。"然后他站在那里看着他们,一副应该因为自己的好心赚到六便士的样子。

卡特和格温多琳除了他们的王冠外身上都一文不名,所以他们只好什么都没给他就离开了。那个男孩在他们身后嚷嚷:

"一毛不拔的小女巫!吝啬的小巫师!"

格温多琳满不在乎,但卡特深以为耻,真想回去解释一番。

巴斯拉姆先生住在一间简陋的村舍里,一扇窗户上撑着一块缺笔少画的"艾格斯托克商店"大字招牌。格温多琳一边用肮脏的门环敲门,一边相当鄙夷地看着那面招牌。巴斯拉姆打开了房门。他原来是个胖子,穿着一条臃肿的旧裤子,还长了一双像圣伯纳特犬一样红通通,满是褶子的眼睛。一看到他们,他就准备把门关上。

"今天不行,谢谢你们。"他说,嘴里喷出一股浓重的啤酒味儿。

"诺斯托姆先生派我来的,"格温多琳说,"威廉姆·诺斯托姆先生。"

门又打开了。"哦,"巴斯拉姆先生说,"那你们俩最好来这边。"他带他们进了一个摆着四把椅子、一张桌子和几十个装着动物标本盒子的小房间。房间里勉强容纳得下那么多盒子。那些盒子乱七八糟地叠放在一起,而且全都布满灰尘。"坐吧。"巴斯拉姆先生很不情愿地说。卡特小心翼翼地坐下来,尽量不去深呼吸。除了巴斯拉姆先生身上的啤酒味儿,房间里还有一股淡淡的腐败气息和一种类似腌菜的气味。卡特认为有些动物标本没制作好。但这种气味似乎没有困扰到格温多琳。她坐下去,奶油色的长裙在身边铺开,头上的宽帽子恰到好处地在她的金色长发上投下阴影,就像一幅完美的小女孩的肖像。她用严厉的蓝眼睛盯着巴斯拉姆先生。

"我认为你的招牌写错了。"

巴斯拉姆先生垂下他那双圣伯纳德犬式的眼睛,做了个表示那是为了开玩笑的手势。"我知道,我知道。但我不想显得太严肃,不是吗?特别在开始的时候,像现在这样。那么你想要什么?关于他的计划,威廉姆·诺斯托姆先生对我透露得不多。我只是个卑微的供应商。"

"当然,我想要一些货物。"格温多琳说。

卡特对格温多琳关于魔法材料的讨价还价听得相当乏味。巴斯拉姆先生从动物标本盒子背后摸出各种各样的报纸包——蝾螈眼、蛇的舌头、草果、鹿食草、木乃伊、硝石、魔草种子,还有各种各样的树脂——也许正是那种令人不快的气味的源头。他要的价比格温多琳愿意付的高。她为了占据有利地位把她的五先令摆了出来。巴斯拉姆先生似乎很生气。"你知道自己在做什么吗?"他不耐烦地说。

"我知道东西值什么价。"格温多琳说。她摘下帽子,细致地把那些小纸包摆在帽子里,然后又利索地把帽子重新戴到头上。"最后,我认为我需要一些龙血。"她说。

"哦!"巴斯拉姆先生惊叫起来,他愁容满面地摇着头,脸上的赘肉也一阵颤动,"龙血是禁止使用的,年轻女士。你应该明白的。我不知道而且也不能给你弄来什么龙血。"

"诺斯托姆先生——两个诺斯托姆先生——都告诉我你能搞来任何东西,"格温多琳说,"他们说你是他们认识的最好的商人。另外我不是马上要。我要订一些。"

巴斯拉姆先生似乎对诺斯托姆兄弟的夸奖感到很高兴,但他还有点半信半疑。"使用龙血需要强大的魔力,"他说,"像你这样的年轻姑娘,你没有办法让自己变得强大。"

"我还不知道,"格温多琳说,"但我认为是有可能的。我正在学习高级魔法,你知道。而我要龙血是为了以防万一。"

"龙血会有的,亲爱的,"巴斯拉姆先生警告她说,"但它是昂贵的材料,而且要冒风险。我可不想受到法律的制裁。"

"我付得起,"格温多琳说,"我会分期付款。你可以留着那五先令的找零做预付款。"

巴斯拉姆无法抗拒。他盯着格温多琳递给他那五先令的样子让卡特油然想到了一长排冒着泡沫的一品脱装啤酒。"成交。"巴斯拉姆先生说。格温多琳优雅地微笑了一下,然后起身要走。卡特也如释重负地欠身站了起来。"你呢,年轻绅士?"巴斯拉姆先生谄媚地问,"你不打算尝试一下巫术吗?"

"他是我弟弟。"格温多琳说。

"哦,啊,嗯。是的,"巴斯拉姆说,"他就是那个人,当然。好的,祝你们日安。随时欢迎再来。"

"你什么时候能拿到龙血?"格温多琳在门口问他。

巴斯拉姆先生想了一下。"一周后怎么样?"

格温多琳的脸亮了起来。"这么快!我就知道你是个神通广大的商人。你从哪里能这么快得到龙血啊?"

"你想知道吗?"巴斯拉姆说,"它是从另一个世界来的,至于哪个世界是商业秘密,年轻女士。"

在他们走回小巷的时候,格温多琳喜气洋洋。"一个星期!"她说,"那是我所听说的最快的。一定是从那个世界走私过来的,你知道。他肯定在那里有非常好的关系。"

"或者他已经准备好一些了,藏在一只鸟的标本里,"卡特说,他一点也不喜欢巴斯拉姆先生,"你要龙血到底想干什么?夏普夫人说它值五十英镑一盎司。"

"安静!"格温多琳说,"噢,快!赶快,卡特!进那间糖果店。她肯定不知道我去过哪里。"

在公共绿地上,一位撑着阳伞的女士正在和一名牧师交谈。她是克里斯托曼奇的妻子。卡特和格温多琳拉着手钻进糖果店,但愿她没看见他们。卡特为他俩每人买了一袋太妃糖。米莉还在那里,所以他又买了一些甘草糖。米莉仍然在和那名牧师交谈着,所以他又为格温多琳买了一个笔刮,给自己买了一张城堡的明信片。可是米莉还没走。卡特想不到任何别的东西好买,所以他们只好从店铺里走了出去。

米莉等他们一出门就招手叫他们过去。"来见见尊敬的教区牧师。"

那位牧师已经上了年纪,一副精力不济神情恍惚的样子,他颤巍巍地跟他们握握手,说他希望星期天再见到他们。然后他说他现在确实必须要走了。

"我们也是,"米莉说,"来吧,亲爱的。我们一起走回去。"

没啥好说,只好跟着她在阳伞的阴影下一起走回去。他们一起走过绿地和大门,卡特害怕米莉会询问他们为什么访问巴斯拉姆。格温多琳则认定她准备问她有关草地上的那些鼹鼠的事。不过米莉说的是:"很高兴有机会和你们谈谈,亲爱的。我一直没机会去看你们过得怎么样。你们都好吗?你们认为这里很奇怪吧?"

"有——有一点。"卡特承认说。

"不管怎么说,最开始的几天总是最难过的,"米莉说,"我相信你们会很快习惯的。如果你们愿意,请随便使用娱乐室里的玩具。它们是给每个人的。个人的玩具都在各自的房间里。你们喜欢你们的房间吗?"

卡特惊奇地仰头看着她。听她的话音好像鼹鼠和魔法都不存在一样。米莉满面笑容地回看着他。尽管穿着优雅的褶边长裙,举着带花边的阳伞,但她是一位极其普通,待人亲切,好脾气的女士。卡特喜欢她。他回答说他喜欢他的房间,还有他的浴室——尤其是淋浴——还解释说他以前从来没有过一间自己的浴室。

"啊,我很高兴。我这样做正是希望你们喜欢这里,"米莉说,"贝瑟默小姐想把你安排在罗杰隔壁,但我觉得那个房间太单调,而且那里没有淋浴。再住段时间你就明白我的意思了。"

她在林荫道上走着,一路没停嘴,卡特发觉接话的只有自己一个人。在发现米莉不准备讨论草坪或者那些奇怪的货物之后,格温多琳立刻对她表现得轻蔑起来。她一直冷冷地保持着沉默,让卡特去交谈。过了一会儿,米莉问卡特关于城堡他觉得最奇怪的事是什么。

卡特难为情但一点也没犹豫地回答:"午饭时每个人谈话的方式。"

米莉发出一声大叫,卡特吓了一跳,但格温多琳却显得更冷淡了。"哦,天哪!可怜的埃里克!我见过你的表情!是不是很可怕?迈克正对那些东西入迷,所以他可以别的什么都不说。但是再过一两天他的热心劲儿就消失了,那时候我们就能重新说点正经话,开点玩笑了。我喜欢在吃饭的时候说说笑笑,你呢?不过恐怕什么都阻止不了可怜的伯纳德谈论股票和证券,但你一定得充耳不闻。没人听他说什么。顺便问一下,你喜欢奶油夹心饼吗?"

"喜欢。"卡特说。

"太好了!"米莉说,"我给我们在草坪上准备了茶点,因为这是你们的第一个星期三,而且我不想浪费这样的好天气。九月份的天气差不多总是这样好,是不是很有意思?如果从这些树中间穿过去,我们应该正好在点心准备好的时候赶到草坪上。"

果然,他们跟着米莉从一片灌木丛里走出来,发现桑德斯先生所在的地方摆了一圈折叠式躺椅,仆人们正端着托盘往桌子上摆。大部分家庭成员正聚集在躺椅旁边。格温多琳跟着米莉和卡特走过去,显得既紧张又轻蔑。她明白克里斯托曼奇要跟她谈草坪的事了,而且更糟糕的是,她在那一刻来临之前没机会把那些奇奇怪怪的货物从帽子里取出来。

但是克里斯托曼奇不在那里,尽管另外的每个人都在。米莉从股票证券先生伯纳德和朱莉娅中间挤过去,走过那个戴着露指手套的老妇人,严厉地用阳伞指着桑德斯先生说:"迈克,吃点心的时候绝对禁止你谈论艺术。"接着一声忍俊不禁的大笑毁掉了她的严肃。

其他家庭成员无疑和卡特有同样的感受。其中有几个人说:"同意,同意!"接着罗杰说:"我们开始吧,妈妈?"

卡特很喜欢那些点心。这是从他到了这座城堡以来,第一次如此享受。这里有薄黄瓜片三明治,还有又大又软的奶油夹心饼。卡特甚至比罗杰吃得还多。他听到的是家庭成员间愉快的日常谈话,关于股票和证券的高谈阔论只充当了背景,阳光温暖而平和地照在绿草地上。卡特很高兴有人用某种办法让这里恢复了原貌。他喜欢这里平平整整。他开始觉得经过一点练习后,他差不多能在这座城堡里快乐起来。

格温多琳可没这么高兴。那些纸包沉甸甸地顶在她头上。它们的气味破坏了香喷喷的奶油夹心饼。而且她知道也许得等到晚饭的时候,克里斯托曼奇才会和她进行关于草坪的谈话。

因为下午吃了点心,所以那天的晚饭推迟了。直到黄昏时分,他们才鱼贯进入餐室。光洁的餐桌上点上了蜡烛。卡特能在面对他的一排大窗户上看见他们和房间里其他东西的影子。这样很好玩,而且很有用。卡特可以看到那个仆人走过来。他第一次在那个人从他肩头把一盘小鱼和腌甘蓝推过来时没有被吓一跳。而且,因为现在被禁止使用右手,他感到更改上菜的方向是很正当的。他开始感到他正习惯起来。

因为吃点心时禁止谈论艺术,桑德斯先生在吃晚饭的时候比平时更多话。他说呀说呀,引起了克里斯托曼奇的注意,然后开始向后者滔滔不绝。克里斯托曼奇心不在焉,但心情不错。他一边听一边点着头。格温多琳则变得越来越恼火。克里斯托曼奇对草坪没有说一个字,无论在这里还是先前在休息室。情况变得越来越明显,根本没有一个人打算提起那起事件了。

格温多琳异常恼怒。她希望别人认识到她的力量。她希望向克里斯托曼奇显示她是一个不容轻视的女巫。所以她别无选择,只好开始施展另一个魔法。虽然手头没有任何材料对她有一些阻碍,但是有一件事她可以轻松做到。晚饭还在继续,桑德斯先生仍然滔滔不绝。仆人们上了另一道菜。卡特注视着窗户,看银盘子什么时候会送到自己身边。然后他几乎惊叫起来。

窗户上有一个皮包骨头的白色生物。它紧贴在黑暗的玻璃外部,一边挥手,一边做着鬼脸,看上去像一个迷了路的鬼魂。它浑身都是白色,黏糊糊湿漉漉,显得既虚弱又令人憎恶。尽管卡特立刻认识到这是格温多琳的杰作,但他还是惊恐地盯着它。

米莉发现他不对劲,她自己也看见了,哆哆嗦嗦地用拿着汤匙的手背碰了碰克里斯托曼奇。克里斯托曼奇从他温和的梦境里恢复过来,朝窗户上瞟了一眼。他厌烦地瞟了那个可怜的生物一眼,叹了口气。

"所以我仍旧认为佛罗伦萨是意大利所有州里最出色的一个。"桑德斯先生说。

"人们常常替威尼斯说好话,"克里斯托曼奇说,"弗雷泽,你能把窗帘拉上吗?拜托。谢谢你。"

"不,不。依我看,威尼斯名不副实。"桑德斯先生坚持己见,然后接着解释原因何在,与此同时那个男管家拉上了长长的橘黄色窗帘,把那个生物挡到了目光之外。

"嗯,也许你是对的。佛罗伦萨更有料,"克里斯托曼奇表示赞同,"顺便说一声,格温多琳,在我说城堡的时候,当然指的是城堡内部和庭院。好,接着说,迈克尔。威尼斯。"

每个人都该干吗干吗,只有卡特例外。他能想象到那个生物还在窗帘背后的玻璃上,一边扮着怪相,一边笨拙地爬来爬去。想着这个,他就没法吃东西。

"好了,真没劲!我已经把它弄走了。"格温多琳说。她的声音里充满愤怒。

第六章

晚饭后,格温多琳把愤怒发泄在她的房间里。她跳上床,尖叫着把靠垫到处乱扔。卡特谨慎地背靠着墙等她结束。但在她发泄完后,马上进入了一场针对克里斯托曼奇的战争。

"我痛恨这个地方!"她大声宣布,"他们设法用柔软、甜美的美好事物把一切覆盖起来。我讨厌这样,我讨厌这样!"她的声音被房间里的天鹅绒压抑而且被城堡里无处不在的柔和吞噬。"你听到没有?"格温多琳尖叫道,"这是一种羽绒被一样丑陋的美好!我毁掉了他们的草坪,但是他们给我点心。我召唤一只可爱的幽灵,然后他们拉起了窗帘。弗雷泽,你能把窗帘拉上吗?呸!克里斯托曼奇让我作呕!"

"我不觉得那是个可爱的幽灵。"卡特颤抖着说。

"哈,哈!你不知道我能那样做,是吗?"格温多琳说,"那不是为了吓唬你,你这个傻瓜。我想让克里斯托曼奇镇静一下。我讨厌他!但他甚至不感兴趣。"

"他让我们住在这里是为了什么,要是他根本对你不感兴趣的话?"卡特表示怀疑。

格温多琳被这个问题问住了。"我还没想过这个问题,"她说,"这个问题很严重。出去吧。无论如何我要好好想想。"在卡特出门的时候,她喊道:"他必须感兴趣,如果这是我要做的最后一件事的话!我会每天干出点事,直到他注意为止。"

又一次,卡特一个人陷入了忧郁状态。他想起了米莉说过的话,就去了娱乐室。但是罗杰和朱莉娅在那里,正在脏兮兮的地毯上玩士兵游戏。那些小小的锡兵在地毯上跑来跑去。一些推着大炮,另一些躺在窗帘后面打枪,发出尖细的砰砰声。罗杰和朱莉娅心虚地转过身。"你不会对别人说的,对吗?"朱莉娅说。"你愿意来一起玩吗?"罗杰彬彬有礼地问。

"噢,不了,谢谢。"卡特慌忙说。他知道如果没有格温多琳帮助,他永远不能参加这种游戏。但在现在的情况下,他没有胆子打扰格温多琳。于是他又无事可干了。这时他想起米莉显然希望他多在城堡里逛逛。所以他鼓起勇气,出发去探索。

这座城堡在晚上看起来很奇怪。每隔一定的距离,都有一盏昏暗的电灯。绿色的地毯柔和地闪着光,事物在光洁的地板和墙壁上映照出比白天更清晰的影子。卡特静静地走下去,陪着他的只有他自己的几个幽灵一样的影子。他看到的所有的门都是关闭的。卡特把耳朵贴在一扇门上听,什么都没听到。他没勇气打开任何一扇门。他就这样走呀走。

过了一会,他发现自己不知怎么走到了城堡的古旧部分。这里墙上的石头都刷成了白色,所有的窗户都在三英尺以上才有玻璃。然后他来到了一个和去他房间的螺旋楼梯一模一样的楼梯,只是这个楼梯螺旋的方向相反。卡特小心翼翼地爬上了楼梯。

就在他走到最后一个转角时,上面的一扇门打开了。一片明亮的光线照在楼梯尽头的墙上,站在其中的那个影子只可能属于克里斯托曼奇。另外任何人的身影都不可能像他那样高,头发那么顺滑,或者衬衣上有那么多褶边。卡特站住了。

"但愿那个讨厌的姑娘别再那样干了。"克里斯托曼奇说。他的声音比平时清醒得多,而且非常恼火。桑德斯先生的声音从更远的地方响起来:"坦白说,我已经受不了她了。我以为她会很快恢复理智。到底什么会让她像这样泄露自己力量的来源呢?"

"无知,"克里斯托曼奇说,"但凡她对自己干的事有一点点了解的话,她就不会这样干了。"

"我同意你的看法,"桑德斯先生说,"到哪个了?第五个?"

"不。第三个,从它的性质上看。一个幽灵,"克里斯托曼奇说,"我们要因为这个谢天谢地。"他开始下楼梯。卡特吓得一动也不敢动。"我得让审查委员会修订他们的基础魔法课程,"克里斯托曼奇在下楼时又回头说,"要加入更多的理论知识。这些三流魔法师逼着他们的好学生直接学习根本没有适当基础训练的高级魔法。"说完后,克里斯托曼奇转过拐角看见了卡特。"哦,你好,"他说,"我还不知道你在这儿。愿意上去看看迈克的工作室吗?"

卡特点点头。他不敢做别的表示。

不过克里斯托曼奇看起来相当友好,当他领着卡特走进楼上的房间时,桑德斯先生也同样友好。"你好,埃里克,"他高高兴兴地说,"随便看看吧。有什么感兴趣的东西吗?"

卡特摇摇头。这间屋子也是圆形的,和他的房间一样,但要稍大些,这是一间典型的魔法师的工作室,他看得出来。他认得地板上画的五角星。天花板上挂着的油灯的气味和挂在伍尔夫科特巫女街上的气味一模一样。但是他对各式各样放置在搁物桌上的东西的用途一概不知。一张桌子上堆的全是烧杯和蒸馏瓶,一些冒着泡泡,一些是空的。另一张桌子上则放着书籍和卷轴。第三张桌子上用白垩画满了符号,还有一只做成木乃伊的某种生物躺在那些符号中间。

卡特的眼睛掠过这些东西,然后又扫过摆在四周书架上的更多的书,发现另外一些书架上放着存放各种原料的广口瓶——很大的广口瓶,就像糖果店里的那种。他意识到桑德斯先生做事情的风格很铺张。他扫视着那些广口瓶上的标签:蝾螈眼、阿拉伯树胶、圣约翰草药膏、龙血(干)。最后那只瓶子里几乎装满了深棕色的粉末。卡特的目光又回到那个做成木乃伊、趴在白垩符号上的动物身上。它的脚有像狗一样的爪子。它看起来像一只大蜥蜴。不过它的背上似乎有一对翅膀。卡特几乎肯定它曾经是一条小龙。

"都不感兴趣,嗯?"

卡特转过身,发现克里斯托曼奇已经走了。这让他觉得轻松多了。"这肯定花了很多钱。"他说。

"幸运的是,这是纳税人付的,"桑德斯先生说,"你愿意学习有关这一切的东西吗?"

"你的意思是,学习魔法?"卡特问,"不。谢谢了。我根本不擅长魔法。"

"噢,除了魔法我至少还想到了另外两件事,"桑德斯先生说,"不过,什么让你认为自己不擅长魔法呢?"

"因为我做不到,"卡特解释说,"那些符咒对我一点用都没有。"

"你确定是用正确的方法使用的吗?"桑德斯先生问。他走到那只木乃伊龙——或者别的什么——旁边,漫不经心地用手一拍。卡特毛骨悚然地发现,那个东西动了起来。薄薄的翅膀一张,在背上伸展开来。接着它又变得一动不动了。这个情景吓得他朝门口退去。他几乎像拉金斯小姐突然开口用男人的声音说话的时候那样惊恐。而且,一想到那件事,他不禁觉得那个声音和桑德斯先生的声音还有几分相像呢。

桑德斯先生哈哈大笑。"大概是因为你不够贪婪。好吧,要是你想走的话,快跑吧。"

卡特如释重负地逃走了。当他跑过那条奇怪的走廊的时候,他觉得应该让格温多琳知道,克里斯托曼奇终究是对她的幽灵感兴趣的,而且甚至生了气。但格温多琳把自己锁在房间里,不理他的喊叫。

第二天早晨,他又试了一次。但是在他有机会和格温多琳说话之前,尤菲米娅带着一封信进来了。当格温多琳急切地从尤菲米娅手里抓过那封信的时候,卡特认出了信封上诺斯托姆先生参差不齐的笔迹。

紧接着格温多琳再次暴怒起来。"谁干的?这封信是什么时候到的?"信封已经沿着上缘被整整齐齐地切开了。

"从邮戳上看,是今天早上,"尤菲米娅说,"别那样看我。贝瑟默小姐给我的时候就是这样。"

"她真大胆!"格温多琳说,"她怎么敢看我的信!我要把这件事告诉克里斯托曼奇!"

"那样做你会后悔的。"尤菲米娅在格温多琳推开她,朝房门走去的时候说。

格温多琳一阵风似的从她身边掠过。"噢,闭嘴,你这个愚蠢的长了张青蛙脸的女人!"卡特认为那有点不公平。尽管尤菲米娅确实有双鼓鼓的眼睛,但她事实上相当漂亮。"快来,卡特!"格温多琳朝他喊,然后拿着那封信顺着走廊跑远了。卡特气喘吁吁地跟在她后面,又一次直到那个大理石楼梯旁才追上她。

"克里斯托曼奇!"格温多琳大叫,她的声音单薄、微弱,而且没有丝毫回声。

克里斯托曼奇穿着一件宽大平展的便袍沿着大理石楼梯走上来。那件袍子一部分是橙色,一部分是明亮的粉红色。他看起来就像秘鲁的国王。他的表情文雅而茫然,显然没有发现格温多琳和卡特。

格温多琳向下冲他叫道:"嘿,你!马上过来!"克里斯托曼奇抬起头,扬着眉毛。"有人拆了我的信,"格温多琳说,"我不在乎那个人是谁,但是我受不了这个!你听到没有?"

卡特被她说话的方式吓了一跳。克里斯托曼奇看起来很迷惑。"你怎么会受不了那封信呢?"

"我不能容忍这种事!"格温多琳对他大叫,"从今往后,我的信要封着送到我手里!"

"你的意思是你希望我用蒸汽把它们熏开,然后再重新粘好?"克里斯托曼奇怀疑地问,"这样太麻烦了,但是如果能使你快乐一些的话我会照做的。"

格温多琳瞪大眼睛看着他。"你是说你拆的信?你读了一封写给我的信?"

克里斯托曼奇温和地点点头。"很自然。如果一个像亨利·诺斯托姆这样的人写信给你,我必须确保他没有写什么不恰当的东西。他是个非常下流的人。"

"他是我的老师!"格温多琳怒冲冲地说,"你没有权利这样做!"

"真遗憾,"克里斯托曼奇说,"你的老师是个三流的巫师。你不得不抛弃那么多学过的东西。而且我无权打开你的信的事也很遗憾。希望你收到的信不会太多,否则我的良心会使我不安的。"

"你还打算继续拆?"格温多琳说,"那就小心点,我警告你!"

"你真体贴,"克里斯托曼奇说,"我喜欢得到警告。"他走上剩下的几级台阶,从格温多琳和卡特身边走了过去。那件粉红和橘黄色的便袍随着他的动作飘动,露出鲜艳的红色衬里。卡特眨了眨眼睛。

格温多琳恨恨地盯着那件令人眩晕的便袍顺着画廊飘远。"噢,不,别注意我,行不行!"她说,"开点玩笑。你等着!卡特,我被气疯了。"

"你粗鲁得吓人。"卡特说。

"他咎由自取,"格温多琳说,她开始朝娱乐室方向往回走,"拆可怜的诺斯托姆先生的信!这不是因为我介意他看我的信。我们安排了密码,所以讨厌的克里斯托曼奇绝对不会知道信里实际上说了什么。但这是一个信号,而且也是一种冒犯。一种侮辱。我因他们的仁慈住在这座城堡。我遇到困境只能靠自己,而且我甚至不能阻止他们看我的信。但我会给他们点教训的。你等着!"

卡特知道自己最好保持沉默。格温多琳撞进娱乐室,跑到桌子旁边,终于开始看她的信。

"告诉过你吧。"尤菲米娅说。这时玛丽正在升降机旁忙着。

格温多琳剜了她一眼。"你也等着。"她说,然后低头继续看信。过了一会儿,她又朝信封里看了一下。"还有一封给你的信,"她对卡特说,然后扔给他一张纸,"记得回信。"

卡特拿起信,紧张地想为什么诺斯托姆先生会给他写信。但那封信是夏普夫人写的。她在信里写道:

我亲爱的卡特:

亲爱的你好吗?我感到孤单想念你们俩特别是你这个地方看起来太安静了。尽管我盼望一点清净但想念你的声音而且希望你带着苹果回来。发生一件事一位绅士为了那只老猫来给了我五镑那是你的小提琴所以我觉得不好意思所以想办法给你包了一包姜饼人也许会让你想起住在这里的那些日子但是诺斯托姆先生说不行。总之你们受到了幸运的关照。问候格温多琳。希望你回到这里卡特钱没有任何意义。

爱你的埃伦·夏普

卡特带着温暖的微笑读着那封信,鼻子有点发酸。他觉得他想念夏普夫人显然和夏普夫人想念他一样。他是那样想家以至于根本吃不下面包,可可也好像会噎着他。桑德斯先生说的话他只听见了十之一二。

"你有什么问题吗,埃里克?"桑德斯先生问他。

当卡特把他的思绪从巫女街收回来的时候,窗户黑了下来。房间里突然变得漆黑一片。朱莉娅尖叫起来。桑德斯先生摸索着去找开关开灯。在他这样做的时候,窗户再次变得透明起来,罗杰正咧着嘴笑,朱莉娅一脸震惊,格温多琳则坐得端端正正,而桑德斯先生的手放在开关上,脸带愠色看着她。

"我猜这件事的原因在城堡领地外面,对吗?"他说。

"在大门外面,"格温多琳沾沾自喜地说,"今天早上我在那里布置的。"

听到这句话,卡特知道她针对克里斯托曼奇的战役已经发动了。

窗户又黑了下来。

"多长时间一次?"桑德斯先生在黑暗中问。

"每半个小时两次。"格温多琳说。

"谢谢你。"桑德斯先生恼火地说,就让灯一直亮着。

那一整天,城堡里所有的窗户有规律地每隔半个小时变黑两次。但是如果格温多琳试图激怒克里斯托曼奇的话,她没有成功。一切风平浪静,除了每个人都一直开着灯。这样相当不便,但似乎没有一个人放在心上。

午饭前,卡特走到外面的草地上,从外面看窗户黑下来是什么样子。那就像两扇巨大的黑色百叶窗有规律而且稳定地在一排排窗户上开合。它们从顶层的右侧平稳地向另一侧关闭,同时下一排则从左往右关闭,然后下一排再从右往左,以此类推,一直到底层为止。然后它们再从顶层开始一次。卡特已经看了整个表演的一半,这时他发现罗杰也站在旁边,胖乎乎的双手插在口袋里,用挑剔的目光观看着。

"你姐姐一定有个很有条理的头脑。"罗杰说。

"我想所有的女巫都这样。"卡特说。然后他觉得有些困窘。当然,他正在和一个——或者至少是一个将来的巫师谈话。

"我好像没有,"罗杰毫不在意地评论说,"朱莉娅也没有。而且我认为迈克也好不到哪里去,说真的。下课后你愿意来我们的树屋玩吗?"

卡特非常高兴。他高兴得忘记了自己是多么想家。那天傍晚他在树林里玩得非常开心,帮着重建树屋的屋顶。在更衣钟响过后他才回到城堡,发现那个窗户咒语已经减弱了。在窗户黑下来的时候,室内已经能够看到一些晦暗的天光。第二天早上它就完全消失了,而且克里斯托曼奇对这件事一个字都没提。

格温多琳第二天上午又展开了进攻。当面包师的孩子骑着一辆前篓里堆着满满的烘焙食物的自行车穿过前门,给城堡送货的时候,被她撞见了。那孩子来到厨房时看起来有点不对劲,说他的头感到很晕。其中的一个后果是,孩子们早餐时只好吃烤饼。因为在切面包的时候,发生了一些非常有趣的事。

"我们的肚子都笑疼了,"玛丽在从升降机上拿烤饼的时候说,"我得说这都是因为你淘气,格温多琳。当罗伯茨发现自己正在切一只靴子的时候都要发疯了。库克在切另一只靴子,紧接着他和南希争着往一张椅子上爬,因为突然冒出来很多小白鼠。但是弗雷泽先生让我笑得最厉害,当他说'让我来'的时候发现自己正在削一块石头。然后——"

"别鼓励她。你知道她是个什么人。"尤菲米娅说。

"小心点,我不会拿你开刀的。"格温多琳阴阳怪气地说。

罗杰后来私下里从玛丽那里打听到了其他面包的下场。一块变成了一只白兔,一块变成了一只鸵鸟蛋——已经在剧烈爆炸后溅了擦鞋童一身——另一块成了一只巨大的白洋葱。然后,格温多琳的新把戏用完了,她把剩下的面包全变成了奶酪。"不过是过期变质的奶酪。"罗杰说,他对应该得到尊重的人表现出了应有的尊重。

不知道克里斯托曼奇是否也对值得尊重的人给了应有的尊重,因为,这一次他还是连提都没有提。

第二天是星期六。为城堡送日常所需的牛奶的农夫又倒了霉。早餐的可可的味道因此变得很可怕。

"我要被惹火了,"朱莉娅尖刻地说,"爸爸大概不会在意,因为他喝柠檬茶。"她敌视地看着格温多琳。格温多琳也瞪着她,这种看不见的交锋让卡特想起格温多琳想从夏普夫人那里拿回妈妈的耳环时的情景。不过,这一次格温多琳没有像那次一样坚持。她垂下眼帘,显得很烦躁。

"无论如何,我也开始讨厌天天那么早起床了。"她怒冲冲地说。

这样说,对格温多琳而言,只是意味着她在将来的日子里会在晚上动手脚。但朱莉娅认为她已经战胜了格温多琳,这是一个错误。

他们星期六上午上了课,格温多琳对此非常恼火。"这很荒谬,"她对桑德斯先生说,"为什么我们一定要像这样受折磨?"

"这是我在星期三放假的代价,"桑德斯先生告诉她,"而且,谈到折磨,我更希望你对牛奶之外的其他东西施魔法。"

"我会记得的。"格温多琳甜甜地说。

第七章

星期六下午下雨。格温多琳又把自己锁在了房间里,卡特再次感到无所适从。他在城堡明信片的背面给夏普夫人写了信,但只用掉了十分钟,而且外面湿漉漉的不能去邮寄。卡特在他的楼梯脚下徘徊,不知道该干什么,这时罗杰从娱乐室出来看见了他。

"哦,太好了,"罗杰说,"朱莉娅不跟我玩士兵游戏,你愿意吗?"

"但我不会——不能像你那样玩。"卡特说。

"那没关系,"罗杰说,"说实在的。"

但事实并非如此。无论卡特如何巧妙地部署他那些没有生命的锡兵,只要罗杰的士兵一进攻,卡特的人就像保龄球一样纷纷倒下。它们整批、整队、整营地倒下。卡特忙着把它们摆来摆去,一把把地把它们抓起来,然后又把它们放在盒盖后面,但他始终在撤退。不到五分钟,他就只剩下躲在窗帘后的三个士兵了。

"这样不行。"罗杰说。

"是啊,不好玩。"卡特伤心地说。

"朱莉娅。"罗杰说。

"干吗?"朱莉娅说。她正蜷缩在一张最破的扶手椅上,一边吃棒棒糖,一边读一本名叫《在喇嘛的双手里》的书,还在做编织,都是同时进行的。她织的东西,一点也不令人意外,看起来像一件给长颈鹿穿的背心,而且跟曾经在六种深浅不同的灰色颜料里蘸过一样。

"你能为卡特移动士兵吗?"罗杰说。

"我在看书,"朱莉娅嘴里含着棒棒糖说,"太惊险了,他们有一个人失踪了,他们认为他悲惨地死去了。"

"拜托,"罗杰说,"要是你不帮忙,我就告诉你他有没有死。"

"如果你那样做,我就把你的内裤变成冰,"朱莉亚面不改色地说,"好吧。"

眼睛停在书上,棒棒糖仍然含在嘴里,她用手摸出手绢打了个结。她把打过结的手绢放在椅子扶手上,然后继续编织。

卡特倒地的士兵都从地板上爬了起来,整整他们的锡外衣。这是个巨大的进步,尽管还是不能完全令人满意。卡特不能给他的士兵下令。他不得不用手把它们驱赶到阵地上。那些士兵看起来很不满,他们惊慌失措地抬头看着头顶上飞舞的巨大双手。卡特相信有一个因为受惊晕倒了。不过他在战斗开始的时候把它们全部部署到了战斗位置。那些士兵似乎知道如何自主行动。卡特在一张垫子后面放了一个后备连队,然后,在战斗进行到最激烈的时候,他把它们赶到了罗杰的右翼。罗杰右翼的士兵掉转头来作战,卡特后备军里的每个人都转头逃走了。他剩下的军队看到那些人逃,于是也逃散了。他们都试图往玩具柜里藏,最终被罗杰的士兵包围了起来。

罗杰很气愤。"朱莉娅的士兵总是逃跑!"

"因为我愿意那样做,"朱莉娅说,她把一根织针夹在书里标记好位置,"我不能想象为什么所有的士兵都不能逃跑。"

"唉,让他们勇敢一点,"罗杰说,"那对埃里克不公平。"

"你只说了让他们移动。"朱莉娅争辩道。这时门开了,格温多琳把头探了进来。

"我找卡特。"她说。

"他在忙。"罗杰说。

"那没关系,"格温多琳说,"我需要他。"

朱莉娅向格温多琳伸出一根织针,在空中划了个十字架。那个十字架瞬间亮了起来,飘浮在空中。"出去。"朱莉娅说。

"走开。"格温多琳从十字架旁退回去,再次关上了门。似乎她完全不受自己的控制一样。事实上她脸上的表情非常恼怒。朱莉娅满足地笑了笑,把她的缝衣针朝卡特的锡兵指了一下。"继续吧,"她说,"我已经为他们的内心灌注了勇气。"

当更衣钟响起的时候,卡特跑去问格温多琳找他是为了什么。格温多琳正聚精会神地阅读着一本非常厚、样子很新的书,一开始没能分心注意他。卡特在旁边探头看了看那本书的书名。《其他世界研究,系列三》。正在这时,格温多琳大笑起来。"哦,现在我明白它的原理了!"她欢呼起来,"它甚至比我想象得还好!我知道该怎么做了!"然后她放下书,问卡特他以为她在做什么。

"为什么你需要我?"卡特说,"这本书是哪里来的?"

"从城堡的图书室里,"格温多琳说,"但是现在我不需要你了。我本来准备向你解释诺斯托姆先生的计划,而且我甚至可能告诉你我的计划,但在你坐在那里看着我被讨厌鬼朱莉娅赶走的时候,我改变了主意。"

"我不知道诺斯托姆先生还有什么计划,"卡特说,"更衣钟已经停了。"

"他当然有计划——而且我听过——你觉得我为什么会写信给克里斯托曼奇?"格温多琳说,"试图用甜言蜜语哄骗我是没用的。我不打算告诉你,你会感到遗憾的。而小猪朱莉娅的报应会来得更快,更难过。"

格温多琳在晚饭开始时对朱莉娅展开了报复。当一名男仆正在朱莉娅肩膀上传一碗汤的时候,她的裙子突然变成了一堆蛇。朱莉娅尖叫一声跳了起来。汤泼在那些蛇身上,溅得到处都是,然后那个男仆惊呼:"天哪!"混乱中那只碗在地上打成了碎片。

接着是一片死寂,除了那些蛇发出的咝咝声。那些蛇有二十条,尾巴挂在朱莉娅的束腰带上,在半空中挣扎和蠕动着。每个人都惊呆了,它们的脑袋都僵硬地转向朱莉娅。朱莉娅站得像一尊雕像,双手举到蛇够不到的地方。她喘着气念了几句咒语。

没有一个人责备她。桑德斯先生说:"好姑娘!"

在咒语的作用下,那些蛇变得僵硬起来并呈扇形向外张开,在朱莉娅的衬裙外形成了一件类似芭蕾舞裙的东西。每个人都看到了朱莉娅为了造那间树屋撕下衬裙上的花边后,匆匆用红毛线修补的痕迹。

"你被咬到没有?"克里斯托曼奇说。

"没有,"朱莉娅说,"那些汤把它们都浇晕了。如果你不介意的话,我想回去把这件长裙换掉。"

她离开了房间,走得非常缓慢,非常小心,米莉陪她一起去了。

在那个脸色发绿的仆人清理餐具的时候,克里斯托曼奇说:"恶意是我不希望在餐桌上看到的东西。格温多琳,劳驾你去娱乐室吧。你的食物会有人带去的。"

格温多琳一言不发起身离开了。因为朱莉娅和米莉都没回来,那天晚上的餐桌上显得很空。只有餐桌一端伯纳德的股票证券,还有另一端来自桑德斯先生的又一次关于雕像的高谈阔论。卡特发觉格温多琳非常得意。她认为自己终于使克里斯托曼奇动容。所以她决定星期天再度发动攻击。

星期天,全体人都穿上最好的衣服,下山到村里的教堂参加晨祷。女巫照理说是不喜欢教堂的,而且她们在那里应该也不能施展魔法。但这对格温多琳而言从来不是什么负担。夏普夫人曾经多次谈到这一点,作为格温多琳拥有过人天赋的证明。在克里斯托曼奇家族所用的教堂长凳上,格温多琳坐在卡特身旁,身穿周末礼服,戴着帽子,显得天真而庄重,犹如画中人。她把祈祷书翻到正确的位置,好像她是一个真正的信徒一样。村民们一个个互相提醒着,小声议论着她。这让格温多琳非常开心。她喜欢出名。在训诫开始之前,她一直装成一副圣洁的样子。

那位教区牧师颤颤巍巍地爬上讲道台,用一种虚弱、飘忽的声音开始致训诫词。"鉴于很多与会者没有得到神的引导。"这句话确实一语中的。不幸的是,他说的其他话都跑了题。他用虚弱、飘忽的声音讲述着他早期生活里的一些虚弱、飘忽的往事。他把它们和他认为今天正在世界上发生的一些虚弱而飘忽的事情进行比较。他告诉他们最好接受救赎,否则各种各样的事情——他忘了提到——将接连发生,这使他想到了他的姑妈们过去经常对他说的一件虚弱、飘忽的事情。

桑德斯先生这时已经睡着了,股票证券先生伯纳德也一样。那位戴着露指手套的老妇人正在打瞌睡。彩色玻璃窗上的一位信徒打了个哈欠,然后优雅地用他的权杖掩住了嘴。他打量着他的邻居,一位强大的修女。她的长袍上带着僵硬的折痕,就像一捆木棍。主教伸出他的彩色玻璃权杖敲了敲那位修女的肩膀。她很生气,冲到他的窗户里开始摇晃他。

卡特看到了她。他看见彩色的、透明的主教在修女的头巾上打了一下,而那位修女也立刻还以颜色。与此同时,他们旁边一位激动的圣徒扑向了他的邻居,后者是一个出身高贵的圣徒,手里举着一个城堡的模型。高贵的圣徒丢掉手中的模型,迈动闪闪发光的玻璃脚,躲到一名傻笑着的女性圣徒的袍子后寻求庇护。激动的圣徒兴高采烈地跳着脚在城堡模型上踩。一个接着一个,所有的窗户都活了过来。几乎所有的圣徒都转身和身旁的信徒打斗起来。那些没有人打架的或者扯着他们的袍子跳傻里傻气的舞蹈,或者向仍然对着无人关注的会场致辞的教区牧师招手。

窗角的小人吹着喇叭一边跳跃、欢闹,一边朝那些观看愤怒的圣徒把高贵的圣徒从傻笑的女性圣徒身后揪出来,追着他从一对对打得不亦乐乎的圣徒所在的窗户上跑过的人们做鬼脸。到了这个时候,全会场的人都看见了。每个人都瞪大了眼睛,或者窃窃私语,或者追着那个高贵圣徒闪闪发光的玻璃脚趾看。

桑德斯先生也被这样的骚乱惊醒了,开始满脸困惑。他抬头一看窗户,马上明白了,然后扭头严厉地看着格温多琳。

她正襟危坐，低垂着眼帘，一副清白无辜的样子。卡特瞟了一眼克里斯托曼奇。就他所能看出来的，克里斯托曼奇正在倾听着教区牧师的每一句话，根本没有注意那些窗户。米莉坐在她的座位的边缘，看起来很焦虑。而教区牧师仍旧在东拉西扯，对会场上的骚动毫无觉察。

但是，助理牧师觉得他应该阻止那些窗户上前所未见的行为。他拿起一个十字架和一根蜡烛，身后跟着一群摇着香、咯咯笑着的唱诗班男孩，他一扇一扇窗户地念驱魔咒。格温多琳在他来到一扇窗户前时，就殷勤地为他停下对应的正在活动的圣徒——于是那个高贵的圣徒被定格在了墙上。不过，助理牧师刚转过身，他就又再次跑了起来。而且这场混战变得比刚才还激烈。会场上一片骚动，人们乱成一团。

克里斯托曼奇扭头看着桑德斯先生。桑德斯先生点点头。卡特突然感到他的座位震动了一下。当他朝窗户上看的时候，发现每个圣徒都僵硬而呆滞地站在那里，就在他们应该在的位置上。

格温多琳愤怒地抬起头，然后她耸了耸肩膀。在教堂后面，一个巨大的十字军战士石像从他的纪念碑上坐了起来，对教区牧师做了一个侮辱的手势，伴随着一阵刺耳的摩擦声。

"亲爱的教友们——"教区牧师说。这时他看到了那个十字军战士,一下愣住了,变得目瞪口呆。助理牧师匆忙赶过去,试图祓除那个十字军战士身上的恶魔。石像战士脸上露出愤怒的表情,举起了手里巨大的石剑。但是桑德斯先生做了一个凌厉的手势。那个十字军战士更加愤怒地垂下剑,轰然再次倒下,连教堂也被震动了。

"一些与会者的确没有蒙受神的感召,"教区牧师伤心地说,"让我们祈祷吧。"

当人们四散从教堂里走出的时候,格温多琳从容地走在他们中间,对落在她身上的震惊的目光完全无动于衷。米莉匆匆追上去抓住她的胳膊。她显得最难过。"那样做很可耻,你这个不敬神的孩子!我都不敢和可怜的郊区牧师说话了。做这样的事情太过分了,你知道吗?"

"有那么严重?"格温多琳饶有兴趣地问。

"差不了多少。"米莉说。

可是似乎还不够。克里斯托曼奇对格温多琳没有任何表示,尽管他说了很多话,但都是安慰郊区牧师和助理牧师的。

"为什么你爸爸不让格温多琳罢手?"卡特在回去的路上问罗杰,"对她不管不问只会使她更糟糕。"

"我不知道，"罗杰说，"要是我们用魔法的话，他会足够严厉地惩罚我们。也许他认为她变得厌倦的时候会自己住手。她告诉过你明天打算干什么吗？"显然罗杰有点等不及了。

"没有，她对我和你玩士兵游戏很生气。"卡特说。

"她认为自己拥有你是个愚蠢的错误，"罗杰说，"我们换上旧衣服再为树屋多造点东西吧。"

格温多琳在卡特再次和罗杰一起出去的时候很生气。也许这就是她决定接下来该干什么的原因。或者像她说的那样，也许她有另外的原因。总之，当卡特星期一早上醒来的时候，天还是黑漆漆的，让人感到时间还早。事实上起来甚至更早一些。所以卡特翻了个身又进入了梦乡。一分钟后，他吃惊地发觉玛丽正在摇晃他。"八点四十了，埃里克。赶快起床。"

"可是天还黑着呢，"卡特抗议道，"是下雨了吗？"

"没有，"玛丽说，"你姐姐又变本加厉了。也不知道她哪里来的力量，一个像她这样的小姑娘，服了她了。"

卡特拖着身子从床上爬起来，感到又累又没精神，而且他发现窗户被堵上了，每扇窗户外面都是黑乎乎的纵横交错的树枝。还有树叶——绿色的叶子，稍带点蓝色的雪松松针，还有刚刚变成黄色和棕色的树叶。有一扇窗户上夹着一支玫瑰,还有几串葡萄挤在一起。在它们后面,似乎有一英里浓密的树林。"天哪!"他说。

"你最好看看!"玛丽说,"你那个姐姐把地面上的每一棵树都抓了过来,把它们都移到了尽可能靠近城堡的地方。真不知道她接下去还想干什么。"

黑暗令卡特疲倦而沮丧。他不想穿衣服。但玛丽站在他身边,还催着他去洗脸。卡特有点怀疑,她这样尽职的原因是为了告诉某个人这些树能引起多大的麻烦。她告诉卡特说来自花园的紫杉树堵死了厨房门,那些人不得不砍出一条路才把牛奶送进去。还有前面的大门口被三棵橡树堵死了,谁都推不开。"紫檀树下面都是苹果,闻起来就像有个苹果榨汁机在厨房里一样。"玛丽说。

卡特疲倦地赶到了娱乐室,那里还要暗一些。在昏暗的带着点绿色的灯光下,他看见格温多琳脸色苍白,同样疲惫不堪——可以想象。不过她显得非常满足。

"我不认为我喜欢这些树,"卡特在罗杰和朱莉娅走向教室时小声对格温多琳说,"你为什么不做些小一点、好玩点的事呢?"

"因为我不是笑料!"格温多琳嘘声反对,"我需要这样做。我得知道我能利用多少力量。"

"相当多了,我认为。"卡特看着压在窗户上的一大片马栗树叶说。

格温多琳笑了。"要是我得到龙血的话还会更厉害。"

卡特差点脱口把在桑德斯先生的工作室里看见龙血的事说出来。但他及时闭了嘴。他对这种浩大的工程不感兴趣。

他们又开着灯过了一个上午,接着又是一个中午。卡特、朱莉娅和罗杰出去看了看那些树。他们失望地发现从他们的密门出去非常容易。那些杜鹃花离门还有三英尺。卡特认为一定是格温多琳有意留下了这条出路,直到他们抬起头才发现,从那些折断的树枝和被捣烂的叶子来看,实际上早些时候它们是压在门上的。那些树似乎后退了。

在杜鹃花丛外面,他们不得不像在丛林里一样挣扎出一条路。那些树挤得那么紧,不光很多细枝嫩叶折断了,一些大树枝也被压折了,和压碎的玫瑰,扯断的铁线莲以及压烂的葡萄纠缠在一起。当他们从丛林的另一侧奋力钻出来的时候,明亮的光线像一柄大锤一样击中了他们。他们眨着眼睛。附近的花园、村子,甚至更远处的小山都变得光秃秃的。唯一还能看见树木的是那堵克里斯托曼奇花园荒废的老墙。

"这肯定是一个非常强大的咒语。"罗杰说。

"这里就像一片沙漠,"朱莉娅说,"我绝对想不到我会这样想念那些树!"

但午后过半的时候,那些树很明显正在回到适当的地方。他们从教室的窗户看见了天空。又过了一会儿,随着树的退去光线变得明亮起来,桑德斯先生把灯关掉了。不久后,卡特和罗杰看到了那座树屋的废墟,它已经被压碎了,摇摇欲坠地挂在一棵马栗树上。

"你们现在在看什么?"桑德斯先生问。

"那座树屋被毁掉了。"罗杰气愤地看着格温多琳。

"也许格温多琳会好心把它修好。"桑德斯先生讽刺地提议。

如果他试图引导格温多琳做点好事的话,他失败了。格温多琳猛然抬起头。"树屋是愚蠢的幼稚玩意儿。"她冷冷地说。她对树木的归位感到非常恼怒。"太糟糕了!"她在晚饭前对卡特说。那时树木已经差不多都回到了平时的位置。唯一尚未回到原地的是小山对面的一些树。"我本来希望它们能持续到明天,"格温多琳不满地说,"现在我得想点别的办法了。"

"谁把它们移回去的?那些园艺巫师?"卡特问。

"希望你不要胡说八道,"格温多琳说,"谁动的手脚很明显。"

"你指的是桑德斯先生?"卡特说,"但是把所有那些树拉到这里还没有把符咒用完吗?"

"你对魔法一无所知。"格温多琳说。

卡特明白自己对魔法很无知,但他仍然觉得很奇怪。第二天,当他出去看的时候,根本没发现地上有折断的枝条和落叶,也没发现任何挤烂的葡萄。花园里的紫杉似乎也根本没有被砍过。另外,厨房附近虽然没有看到一个被践踏过的苹果,但院子里却有几箱又圆又结实的苹果。果园里的苹果或仍然挂在枝上,或被摘下来放到了另外的箱子里。

在卡特到处查看的时候,为了躲开一头在两名园丁和一个农场男孩追逐下飞奔的泽西牛,他不得不匆忙扑到一排篱笆一样的苹果树上。他满怀期待地去看树屋时,树林里也跑着几头受惊的牛。唉,那座树屋仍然是一座废墟。

而那几头在苗圃上极尽破坏之能事的牛则没引起他多大的注意。

"那些牛是你干的?"他问格温多琳。

"是的,不过那只是向他们表明我还没有放弃的一点表示,"格温多琳说,"明天应该能拿到我的龙血,那时我就能干点真正惊人的事了。"

第八章

星期三下午格温多琳去村子里拿龙血。她兴高采烈。那天晚上城堡里有客人,而且要举行一场盛大的晚宴。卡特知道每个人都害怕格温多琳趁这个机会兴风作浪,所以都非常谨慎地没有事先提起。但星期三上午因为孩子们有特殊安排,所以不得不让她知道。他们将在娱乐室吃午饭,而且午饭后要回避。

"我会回避的,没问题,"格温多琳许诺说,"但那也没什么差别。"在去村里的路上,她一直在咯咯窃笑。

卡特在他们到了村子后很窘迫,因为每个人都躲着格温多琳。母亲们把她们的孩子都拉进屋里,抱着婴儿的人则躲开她。格温多琳根本没注意,她急着赶到巴斯拉姆先生那里拿她的龙血。卡特不喜欢巴斯拉姆,对那些动物标本散发的腐烂气味也深恶痛绝。他让格温多琳一个人去了那里,自己去糖果店给夏普夫人寄明信片。尽管他在那里花了几乎两先令买糖果,但那里的人对他非常冷淡,隔壁蛋糕店的人甚至表现得更加明显。等他拿着买的东西出门来到广场上时,他发现那些孩子正在从他要经过的路上躲开。

卡特感到非常耻辱,他逃回到城堡的领地上,没有等格温多琳。他吃着太妃糖和便士面包,闷闷不乐地游荡着,盼着夏普夫人带他回去。他不时能看见格温多琳在远处,有时候猛冲几步,有时候蹲在一棵树下,认真地做着些什么。卡特没有接近她。如果他们回到夏普夫人身边的话,他想,格温多琳就不需要做她正在计划的什么真正惊人的事了。他发觉自己希望她不是一个那么强大和坚决的女巫。他试着想象一个不是女巫的格温多琳,但感到自己相当无能。那样的人不会是格温多琳。

回到室内,城堡惯常的寂静里有了几分不同。其中有了细微而紧张的噪音,还有人们在勤勉地忙碌的感觉,只是听不见。卡特觉得那一定是一个盛大的,非常重要的晚宴。

午饭后,他伸长脖子从格温多琳的窗户向外张望,看到客人们走上了一段他从那里看不到的林荫道。他们都乘坐着马车或汽车,都是非常大,非常昂贵的样子。一辆马车是由六匹白马拉的,看上去非常显眼,以至于卡特怀疑里面坐的是国王。

"这样更好。"格温多琳说。她正坐在地毯中间,身边是一张纸。纸的一头是一碗魔法材料,另一端是一堆或爬行或蠕动或蹲踞的生物,都是令人毛骨悚然的东西。格温多琳收集了两只青蛙,一条蚯蚓,几条地蜈蚣,一只甲虫,一只蜘蛛,还有一小堆骨头。那些活的东西是施了魔法的,不能离开那张纸。

等卡特确定没有更多的车辆到来之后,格温多琳开始在碗里把那些魔法材料捣碎,她一边捣,一边用呻吟一样的哼哼声念起咒语,她的头发垂下来,在碗上颤动。卡特看着那些令人望而生畏的生物,心里盼着它们别和那些材料一样被捣碎。看样子不会。格温多琳终于坐直身子,说道:"开始!"

她在那只碗上打了个响指。那些材料自己烧了起来,腾起微弱的蓝色火苗。"起作用了!"格温多琳兴奋地说。她抓起身边的一卷报纸,小心地打开。"现在加一点龙血。"她从报纸里捏了一撮深棕色粉末撒在火焰上。一声轻微的嘶嘶声响过,空气里散发出一股浓郁的燃烧气味。然后火焰猛地跳了起来,有一英尺高,火光变成了明亮的绿色和紫红色,跳动的亮光把整个房间染上了色彩。

格温多琳的脸上闪动着绿色和紫色。她摇晃身子,念着一串串卡特不懂的咒语。然后,她一边继续念咒语,一边俯身用手指碰了一下那只蜘蛛。那只蜘蛛开始变大,变大。它一直长成了一个五英尺高的怪物——一个油乎乎的长着两只小眼睛的圆圆的东西,像吊床一样悬在八条毛茸茸呈节状弯曲的腿上。格温多琳用手指一点,房门应手而开——这使她笑得更加开心——那只蜘蛛无声地移动着毛茸茸的长腿,朝门口爬过去。它在门口收收腿钻了过去,然后继续沿着走廊爬下去。格温多琳又用同样的方式碰了碰其他的生物。那些地蜈蚣像吹了气一样膨胀起来,身上像角牛一样,呈亮棕色而且闪闪发光。那两只青蛙变得像人一样高大,用它们巨大的脚蹼啪嗒啪嗒往前走,那些脚蹼就像大猩猩的手掌一样。它们色彩斑斓的皮肤颤抖着,皮肤上的一些小洞一直不停地开开闭闭,颌下胀大的部分则一直做着大口大口吸气的运动。那只黑甲虫用它们树枝一样的腿爬动,这样大的家伙出门的时候都很勉强。卡特看到,所有其他的那些虫子,都以缓慢、安静的队列踏上了草绿色的亮闪闪的走廊。

"它们要去哪里?"他低声问。

格温多琳咯咯笑起来。"当然,我要派它们去餐室。我认为那些客人晚饭不希望吃得太多。"

接下来她拿起一块骨头,然后飞快地把骨头的两端在地板上磕了一下。在她丢开骨头的一瞬间,那块骨头飘到了空中。随着一阵轻微的哗啦声,更多的骨头凭空出现,和那块骨头拼在了一起。那绿色和紫色的火焰呼呼燃烧着,发出刺耳的声音。最后一块颅骨也来了,一具完整的骷髅摇摇晃晃地站在了火焰前面。格温多琳满意地笑笑,然后拿起另一块骨头。

但是骨头在被人施魔法的时候有办法想起来它们是谁。那具摇摇晃晃的骷髅叹了口气,用空洞的唱歌一样的声音说:"可怜的莎拉·简。我是可怜的莎拉·简。让我安息。"

格温多琳不耐烦地挥手命令它去门口。它摇晃着离开了,依然叹息着,然后第二具骷髅也摇摇晃晃地跟在了它后面,也用叹息的声音说:"园丁的儿子鲍勃。我不是有意那样做的。"它们后面又跟上了第三个,每个都用轻柔的声音寂寞地歌唱着它们曾经是谁,五具骷髅全都晃晃悠悠地在黑甲虫后面慢慢往前走。"莎拉·简。"卡特听见走廊里传来的声音。"我不是有意的。""我从前是白金汉公爵。"

格温多琳似乎没听到它们的话,她接着对蚯蚓施法。那条蚯蚓也变大了。它变成了一个巨大的粉红色的东西,像海蛇一样大。它的体节一环环地收缩,在房间里四处扭动。卡特几乎要吐出来了。那条蚯蚓粉红色的肉体上长着猪鬃一样的硬毛,体节上长着一轮轮像皱纹一样的环。它庞大但没有眼睛的前部漫无目的地左右扭动,直到格温多琳向门口一指,它才跟在骷髅后面慢腾腾地出发了。

格温多琳挑剔地看着它。"还不坏,"她说,"但我还需要最后一次触摸。"

她小心翼翼地朝火上加了另一小撮龙血。火焰呼啸着燃烧起来——更明亮,更恐怖,火光的颜色也更黄。格温多琳挥舞着手臂,开始再次吟唱。过了一会儿,一个形体开始在火焰上方颤抖的空气里凝聚起来。一团白气翻滚着,移动着,形成了一个长着一颗大头的可悲而扭曲的东西。另外三个东西也在它下面翻滚着凝聚起来。当第一个东西从火焰里扑到地毯上的时候,格温多琳发出了一声快活的咯咯声。卡特被她脸上的邪恶吓住了。

"哦,不要!"他说。三个另外的东西也跳到了地毯上,卡特发现它们就是窗户上的幽灵,三个大同小异。第一个就像一个虚弱得不能行走的婴儿——但它的确在走,一颗大脑袋摇摇晃晃。第二个是个瘸子,身子扭曲得非常厉害,几乎不能靠自己一拐一拐地走路。第三个就是那个趴在窗户上的幽灵——可怜巴巴,浑身皱纹,身上又湿又脏。最后一个有着带蓝条纹的白色皮肤。它们全都是惨白的肤色,既软弱又让人恶心。卡特浑身打起了哆嗦。

"快让它们走开!"他说。

格温多琳再次大笑一声,然后对着那四个幽灵朝门口挥挥手。它们出发了,虚弱地挪动着身体。但在它们走到中途的时候,克里斯托曼奇和桑德斯先生一前一后进了门,在他们前面,骨头和小动物的尸体噼里啪啦落在地板上,然后被克里斯托曼奇又长又亮的鞋踩得粉碎。那些幽灵犹豫着,发出吱吱的叫声,然后逃进燃烧的碗里,消失了。那些火焰同时也熄灭了,变成了一股浓重难闻的黑烟。

格温多琳透过烟雾瞪着克里斯托曼奇和桑德斯先生。克里斯托曼奇穿着华丽的深蓝色天鹅绒外套,衬衣的前襟和腕部装饰着蕾丝花边。桑德斯先生似乎也花了一番功夫找了一套适合他的长手长腿的套装,但不太成功。他的一只亮皮的黑色大靴子的鞋带松了,在他缓慢地把一束看不见的线一样的东西往瘦骨嶙峋的右手上缠的时候,他的一部分衬衣和手腕露了出来。他和克里斯托曼奇都非常生气地看着格温多琳。

"你受到过警告,你知道,"克里斯托曼奇说,"继续,迈克。"

桑德斯先生把那束看不见的线收到口袋里。"谢谢,"他说,"我已经憋了一个星期想这样做了。"他穿着一件风鼓鼓的黑色外套,迈着大步走向格温多琳,一把把她抓起来拖到一张椅子上,让她脸朝下对着膝盖。就在那里,他脱下那只鞋带松了的黑色亮皮靴,噼里啪啦地朝她的屁股上打了下去。

当桑德斯先生在格温多琳一边尖叫,一边踢着脚挣扎的情况下奋力惩罚她的时候,克里斯托曼奇走向卡特,打了他四记耳光,每边两次。如果不是克里斯托曼奇每次都是打另外一边使他直起脑袋的话,卡特就吓得摔倒了。

"你干吗打我?"卡特捂着两边嗡嗡作响的耳朵,愤怒地说,"我什么都没干。"

"那正是我打你的原因,"克里斯托曼奇说,"你没有尝试阻止她,不是吗?"在卡特因为不公平而气愤的同时,他转向打得不亦乐乎的桑德斯先生。"我觉得那已经足够了,迈克。"

桑德斯先生非常遗憾地停了手。格温多琳双膝着地滑到地板上,因为受到这样的对待痛苦地呜咽着,呜咽的间隙还夹着一两声尖叫。

克里斯托曼奇走过去用闪亮的靴子捅捅她。"得了,站起来,规矩点儿。"等格温多琳可怜巴巴地直起身子,用一副绝对委屈的神态看着他时,他说:"你完全是咎由自取。而且,你也许已经认识到了,迈克已经解除了你的魔法。你不再是一个女巫了。今后,你将不能使用任何咒语,除非你能向我证明你不会再用它进行恶作剧。明白了吗?现在去睡觉,但愿你有心,能想想你干的这些事。"

他朝桑德斯先生点点头,然后两人都出去了。桑德斯先生因为还在穿靴子,所以跳了一下,在跳的同时踩扁了剩下的几只死动物。

格温多琳脸朝下扑倒在地板上,用脚趾在地毯上捶打着。"禽兽!禽兽!他们胆敢这样对待我!现在我要做一件可怕的事情,让你们整夜不能安生!"

"但没有魔法你什么都干不了,"卡特说,"桑德斯先生刚才是在把你的魔力缠起来吗?"

"走开!"格温多琳对他尖叫道,"别烦我。你和其他人一样坏!"然后,当卡特走向门口,留下她捶着地板呜咽的时候,她又抬起头在他身后叫道:"我还没被打败!你等着看!"

不奇怪,卡特那天晚上做了一夜噩梦。都是一些可怕的梦,梦里全是巨大的蚯蚓和同样巨大、黏滑,身上带着气孔的青蛙。而且这些梦一个比一个吓人。卡特不停地出冷汗,说梦话,最后醒了过来。他感到浑身汗湿、乏力,就像刚生了一场大病一样。他躺了一会儿,感到很难受。接着开始感觉好了点,又进入了梦乡。

当卡特再次醒来的时候,天已经亮了。他在城堡雪夜一样的寂静中睁开眼睛,突然觉得格温多琳已经干了点别的。他不知道自己为什么如此肯定。他觉得他也许是在想象。如果桑德斯先生确实夺走了格温多琳的魔力,她应该一件事都干不了的。可是他还是觉得她已经做了些什么。

他爬起来跑到窗户旁边往外看。可是,头一次,眼前没看到什么不对劲的地方。雪松在草地上亭亭玉立,山下的花园里姹紫嫣红,缀着露珠的灰绿色草地上连一个脚印都没有。但是卡特仍然认定某个地方的什么东西不一样了,所以他穿好衣服下楼去找格温多琳,想问她干了什么。

当卡特打开她的房门的时候,扑鼻而来的是那种伴随着魔法出现的浓重而甜蜜的焦煳味儿。但这种气味不应该过了一夜还没散掉。房间里很整洁。那些死动物和烧过的碗已经清理走了。房间里唯一不在原处的是格温多琳的箱子,它从彩绘的衣橱里被拉了出来,箱盖半开着放在靠床边的地方。

格温多琳在蓝天鹅绒床单下蜷成一团,还在睡着。为了不打扰她,卡特在身后轻手轻脚地把门关好。格温多琳听见了。她一下从床上坐了起来,瞪大眼睛看着他。

一看见她,卡特就知道哪里不对劲了,是格温多琳本人不对劲。她把睡衣穿反了。那些本应该系在后面的缎带现在耷拉在前面。这是唯一一个明显的错误。但格温多琳盯着他看的样子还有另外一些反常的地方。她非常吃惊,而且很害怕。

"你是谁?"她问。

"我是卡特,如假包换。"卡特说。

"不,你不是①。你是个小男孩,"格温多琳说,"你是谁?"

卡特不知道当女巫失去她们的魔法能力的时候,她们是不是会同时失掉记忆。他意识到他得对格温多琳多点耐心。"我是你弟弟埃里克,"他耐心地说,同时为了让她看着他走到了床边,"只是你总是叫我卡特。"

---

① 卡特(Cat)这个名字是猫的意思,所以会造成误解。

"我的妈呀!"她极为震惊地大叫起来,"啊,那还不算太糟糕。我一直希望有个弟弟。而且我知道我不是做梦。浴室里很冷,我掐自己的时候也很疼。你能告诉我这是哪里吗?这是一个古堡度假村,对吗?"

卡特瞪着她,他开始觉得她的记忆力完全正常了。不光她说话的方式和她说的话,她比原本的样子要瘦;她的脸是那张好看的脸,蓝眼睛也没错,可是脸上坦诚的神情却不对;她肩头披下来的金色长发似乎比昨天晚上长了一英寸。

"你不是格温多琳!"他说。

"这个名字真可怕!"床上的女孩说,"我才不叫这种名字!我是珍妮特·钱特!"

第九章

到此刻,卡特和那个看起来很陌生的女孩一样被弄糊涂了。钱特?他想。钱特?难道格温多琳有一个从来没有告诉过他的孪生姊妹?"我的名字也叫钱特。"他说。

"是吗,啊?"珍妮特说。她跪在床上,若有所思地用双手揉着头发,这是一种在格温多琳身上从未看到过的方式。"真的是钱特?这不是个很常见的名字。你认为我是你姐姐?唉,从我在浴室里醒过来之后,我已经把二加二算过一百次了,始终都等于四。我们在哪里?"

"在克里斯托曼奇的城堡里,"卡特说,"在我们父母去世后,克里斯托曼奇让我们在这里住了差不多一年了。"

"是你们在那里!"珍妮特说,"我爸妈还都活着,活蹦乱跳呢——至少在我昨天晚上向他们道晚安的时候。谁是克里斯托曼奇?你能向我描绘一下你的生活经历吗?"

于是,卡特困惑不安地讲述了他和格温多琳怎么到这个城堡生活,然后格温多琳又做了些什么。

"你是说格温多琳真的曾经是一个女巫!"珍妮特惊叫道。

卡特真希望她没有说曾经这个词。他已经越来越怀疑他再也见不到真正的格温多琳了。"当然,"他说,"你不是吗?"

"老天,不是!"珍妮特说,"尽管我正开始觉得如果我在这里过一辈子的话,我会不会真的变成一个女巫。女巫很常见,是吗?"

"还有占卜师和魔法师,"卡特说,"但是巫师和术士不太常见。我认为桑德斯先生是一名巫师。"

"药剂师、巫医、萨满、魔鬼,大巫师也有?"珍妮特连珠炮似的问,"老巫婆、苦行僧、法师呢? 他们的数量多吗?"

"这些词很多是没有礼貌的叫法,"卡特解释说,"说老巫婆很粗鲁。但是我们有法师和大巫师。大巫师非常强大和重要。我连一个都没见过。"

"我明白了。"珍妮特说。她想了一会儿,然后一翻身下了床,这种更像男孩而非女孩的动作又一次和格温多琳迥然相异。"我们最好四处找找看,"她说,"说不定你亲爱的姐姐大发慈悲留了一条消息。"

"别那样说她,"卡特闷闷不乐地说,"你觉得她在哪里?"

珍妮特看看他,发现他很伤心。"对不起,"她说,"我不那样说了。但你得明白我对她有点生气,懂吗?她似乎把我扔在这里后去了别的什么地方。希望她有个很好的解释。"

"他们用靴子打了她的屁股,又剥夺了她的魔法。"卡特说。

"是的,你说过了,"珍妮特一边拉开金色梳妆台的抽屉,一边回答,"我已经开始怕克里斯托曼奇了。但他们真的剥夺了她的魔法吗?如果是真的,那她又怎么能做这件事呢?"

"我也想不通。"卡特和她一起找起来。这时,他把渺茫的希望寄托在了格温多琳的只言片语上——随便什么都行。他觉得非常孤独。"为什么你会在浴室里?"他说。他想知道是不是应该去浴室找一下。

"我不知道。只记得在里面醒过来,"珍妮特从底部的抽屉里翻出一条发带,"我感到好像被倒拖着穿过了一道篱笆,而且身上没穿衣服,所以我被冻醒了。"

"为什么你身上没有衣服?"卡特说,然后四处翻找着格温多琳的内衣,没找到。

"昨天晚上我在床上很热,"珍妮特说,"所以我赤裸裸地来到了这个世界。于是我一直掐自己——尤其在发现这个难以置信的房间的时候。我想我一定是被变成了一位公主。但是只有这件睡衣放在床上,所以我就穿上了——"

"你穿的时候弄反了。"卡特说。

正在壁炉架上找东西的珍妮特停下来,低头看看垂下来的缎带。"是吗?看样子,这不是唯一一件弄反的东西。试着在那个艺术衣柜里找找。我还到外面看了看,只看到了几英里长的绿色的走廊,吓得我毛骨悚然,还有窗外雄伟的地面,所以我只好回来上床睡觉。我希望等我醒过来这一切都会消失,结果等来了你。找到什么没有?"

"没有,"卡特说,"不过这里有她的箱子——"

"一定在里面。"珍妮特说。

他们蹲下去打开了箱子。里面东西不多。卡特明白格温多琳肯定随身带了很多东西去了她所去的地方。箱子里有两本书,《基础咒语》和《初学者魔法》,还有一些关于它们的笔记。珍妮特看见了格温多琳又大又圆的字体。

"她的笔记和我的一样。为什么她撇下了这些书?我想,大概因为它们是一年级标准,而她已经达到了更高的水平。"她把书和笔记放到一边,在她这样做的时候,那一小盒红火柴从书里掉了出来。珍妮特把它捡起来打开,看到了燃烧过但没有取出来的一半火柴。"我猜这是一个咒语,"她说,"这几扎书信是什么呢?"

"我想是我父母的情书。"卡特说。

那些信都在信封里,信封上有地址和邮票。珍妮特双手各拿起一扎书信。"这些邮票是黑便士邮票!不是,上面有个男人的头像。你们的国王叫什么?"

"查尔斯十七世。"卡特说。

"不是乔治斯?"珍妮特问。但她看到卡特一脸困惑后就回头接着看那些信。"你妈妈和爸爸都叫钱特,我明白了。他们是堂亲?我父母就是。奶奶不同意他们结婚,因为那被认为是一件坏事。"

"我不知道。有可能。他们长得很像。"卡特说。他感到更加孤独了。

珍妮特看起来也相当孤单。她小心地把那盒火柴塞进捆扎着寄给卡洛琳·钱特小姐的信件的丝带里——和格温多琳一样,卡洛琳小姐显然也是一个头脑清晰的人——然后说:"都是高个子,金色头发,蓝眼睛?我妈妈的名字也叫卡洛琳。我开始明白了。继续,格温多琳,交出来!"她一边说,一边把那些信扔到一边,用一种最没有条理的方式翻着剩下来的文件夹、纸张、文具盒、笔擦,还有一个装着布莱克浦纪念品的袋子。在箱子的最底部有一大张粉红色的纸,纸上全覆盖着格温多琳最好最圆滑的字体。"哈!"珍妮特扑向它,"我猜就是!她和我有同样的隐秘想法。"她把那张纸铺在地毯上,这样她和卡特两个人都能看见。格温多琳写的是:

亲爱的替身:

我不得不离开这个可怕的地方。没有人理解我。没有人注意我的天赋。你会很快明白这些,因为你是我精确的复制品,所以你也会成为一名女巫。我非常聪明,所以他们不知道我的全部计谋。我已经找出了如何进入另一个世界的方法,我打算去那里。我知道我会成为那里的女王,因为这是我命中注定的归宿。另外的世界有上百个,只是其中一些比其他的更好。它们是在发生重大历史事件的时候形成的,比如战争或地震,结果可能造成两种或更多的相当不同的事物。这些事物都会出现,但不能两两并存,所以世界就会一分为二,在那之后,这两个世界才开始慢慢出现差别。我知道其他世界里也一定有格温多琳,但不知道有多少个。当我离开的时候,你们中的一个将来到这里,因为当我从这里离开后会造成一个把你吸进来的空洞。不要伤心,只要你的父母还活着,就会有其他的格温多琳移进你的位置并假装成你的样子,因为我们全都非常聪明。你可以在那里继续为克里斯托曼奇的生活制造麻烦,我将很感激地知道那里有我的得力助手。

    爱你的格温多琳·钱特

  注:阅后即焚。

  又及:告诉卡特我很抱歉,但他必须照诺斯托姆先生的话去做。

  读完信,卡特忧郁地跪在珍妮特旁边,明白他再也见不到格温多琳了。他似乎显得比珍妮特受到的打击还大。要是你像卡特熟悉格温多琳一样熟悉一个人,就知道一个精确的复制品是很难令人满意的。珍妮特不是女巫。她脸上的表情也完全不一样。看看她,卡特知道如果是格温多琳的话,她一定因为被拖进另一个世界勃然大怒了,但珍妮特却像他一样一筹莫展。

  "我想知道妈妈和爸爸怎么和我那个亲爱的替身相处。"

她皱着眉头说。然后她直起身子。"你介意我保留这封信吗?这是我唯一能证明我不是突然发疯,说自己是一个叫珍妮特·钱特的女孩的格温多琳的证据。我可以把它藏着吗?"

"这是你的信。"卡特说。

"而你的姐姐,"珍妮特说,"上帝保佑她那颗裹着糖衣的闪闪发光的小灵魂!别误会,卡特,我钦佩你的姐姐。她的理想很大,让人不得不佩服!尽管如此,我怀疑她是否能想到我打算把这封信藏在什么地方。如果她想不到我会觉得好点。"

珍妮特以和格温多琳大相径庭的方式一跃而起,拿着那封信走到镀金的梳妆台旁。卡特也跳起来跟在她身后。珍妮特抓着梳妆镜朝自己的方向一转,梳妆镜就从镜座上转了过来,露出背后朴素的胶合板。她用指甲抠着胶合板的边缘一撬,那块板就轻易地翘了起来。

"我常常在我家的镜子上这样干,"珍妮特解释说,"这是个很好的藏匿点——大概是我父母绝对想不到的一个地方。妈妈和爸爸都很好,但他们太爱管闲事。我想这是因为我是他们唯一的孩子。但是我喜欢有点秘密。我常常写一些只给自己看的私人故事,他们总是想办法偷看。啊,斑点狗!"

她抬起那块木板,指着画在玻璃背面红漆上的记号给卡特看。

"我认为是喀巴拉,"卡特说,"一种符咒。"

"这么说她也想到了!"珍妮特说,"真的,有复制品真糟糕。两个人都有同样的想法,有同样的习惯。"她把格温多琳的那封信放在胶合板和镜子之间,然后把胶合板恢复原位,"我打赌我知道这个符咒的作用。这样格温多琳就能时不时看看'亲爱的替身'过得怎么样。我希望她现在正在看。"

珍妮特把镜子转到平时的位置,气恼地盯着它。她拉着双眼的外眼角,把眼睛拉得又长又高,尽可能长地伸出舌头。然后她用一根手指把鼻子推上去,又把嘴撇到一边的面颊上。卡特情不自禁地笑了起来。"格温多琳不会这样吧?"珍妮特歪着嘴说。

"不能。"卡特咯咯笑起来。

正在这时,尤菲米娅打开了门。珍妮特吓得跳了起来。她比卡特料想的紧张得多。"别做鬼脸了,"尤菲米娅说,"把睡衣换掉,格温多琳。"她走到房间里来确保格温多琳听从她的吩咐。但一进房间,她就发出了一种呱呱的尖叫,然后她融化成一团棕色。

珍妮特用手捂着嘴,和卡特一起惊恐地看着那团曾经是尤菲米娅的棕色越变越小。当它变到三英寸高时,收缩停止了,然后长出了四条长长的带蹼的脚。它用四只脚往前爬过来,用一对靠近头顶的圆鼓鼓的黄色眼睛责备地看着他们。

"哦,天哪!"卡特说。看来格温多琳的最后一次行动把尤菲米娅变成了一只青蛙。

珍妮特突然哭了起来。卡特很惊讶。她看起来那么自信。珍妮特抽噎着跪到地上,轻轻捡起在地上爬着的棕色的尤菲米娅。"可怜的女孩!"她擦擦眼泪,"我完全明白你的感受。卡特,你们怎么把人变回来?"

"我不知道。"卡特严肃地说。他突然感觉到自己身上沉重的责任。尽管珍妮特说话的样子很自信,但她无疑需要照看。尤菲米娅则更需要。如果不是因为克里斯托曼奇,卡特这时就跑去找桑德斯先生帮忙了。但他突然意识到如果克里斯托曼奇知道了格温多琳这次干的事,最糟糕的事情就会发生。卡特对此非常肯定。他发现自己很怕克里斯托曼奇。他一直怕他,只是以前没有意识到罢了。不知道为什么,他觉得他得把珍妮特和尤菲米娅作为一个秘密保守起来。

在绝望中,卡特跑到浴室里找了一块湿毛巾给珍妮特。"把她放在这上面。她得保持潮湿。我去让罗杰和朱莉娅把她变回来。我要告诉他们你不愿做。看在老天爷的分上,千万别告诉任何人你不是格温多琳,拜托!"

珍妮特轻轻把尤菲米娅放在那块毛巾上。尤菲米娅一边在上面爬,一边继续谴责地瞪着珍妮特。"别那样看,不是我干的,"珍妮特抽着鼻子,"卡特,我们得把她藏起来。她在衣柜里会舒服点吗?"

"一定得把她放到柜子里,"卡特说,"你要穿衣服了。"

珍妮特的脸上一阵惊慌。"卡特,格温多琳会穿什么?"

卡特以为所有的女孩都知道女孩应该怎么穿衣服。"平常的衣服——衬裙、长袜、连衣裙、靴子——你知道的。"

"不,我不知道,"珍妮特说,"我总是穿长裤的。"

卡特感到他的麻烦多起来了。他看看剩下的衣服,看样子格温多琳把最好的都带走了,不过他找到了一双她的旧靴子,她的绿色长袜和相配的吊袜带,她的衬裙,她的绿色开司米连衣裙和——有点难为情——她的女式内裤。

"在那儿。"他说。

"她真的穿两条衬裙?"珍妮特问。

"是的,"卡特说,"穿上吧。"

但是珍妮特证实在没有他帮助的情况下,她根本没法把这些衣服穿上去。只要他离开去做别的,她就会把后面穿到前面。他不得不帮她把衬裙穿好,然后在背后系紧,绑好吊袜带,绑紧靴子,然后再认准正反,再把连衣裙穿一次,并为她绑好饰带。等他忙完,看起来一切都对了。但珍妮特对穿盛装有一种奇怪的感觉。她用批判的眼光看着镜子里的自己。"谢谢,你是个天使。我看起来很像一个叫格温多琳的小孩。但我觉得自己是个笨蛋。"

"赶快,"卡特说,"早饭。"他捧着正在愤怒地呱呱叫的尤菲米娅走向衣柜,把她用毛巾裹紧。"安静,"他告诉她,"我一有办法就把你变回来,所以别那样吵了,拜托!"他把她放进衣柜,关好衣柜门,然后把一页格温多琳的笔记塞到门缝里。微弱的呱呱声仍然从门背后传出来。尤菲米娅没有要安静的意思。卡特并不真心为此责怪她。

"她在里面不高兴,"珍妮特动摇了,"不能让她待在外面吗?"

"不行。"卡特说。尽管尤菲米娅变成了青蛙,但看起来还是很像尤菲米娅。卡特知道玛丽只要看到她马上就能认出来。他拉着还在挣扎的珍妮特的胳膊,拖着她朝娱乐室走去。

"难道你们俩总是等到最后一分钟才起床吗?"朱莉娅说,

"我讨厌彬彬有礼地等着吃早饭。"

"埃里克已经起床几个小时了,"玛丽犹豫了一下,说,"所以我不知道你们俩起来在干什么。哦,尤菲米娅在干吗?"

"玛丽今天上午一直在她自己身边。"罗杰眨眨眼。一会儿,他们面前出现了两个玛丽,一个是真的,另一个则像个模糊的影子。珍妮特吓了一跳。她虽然仅仅见识了两次魔法,但已经觉得很难适应了。

"我想那是格温多琳的错。"朱莉娅说。她意味深长地瞪了格温多琳一眼。

珍妮特非常困惑。卡特忘了提醒她朱莉娅从"蛇裙"事件后是多么讨厌格温多琳了。一名女巫的恶毒一瞥比普通人来得糟糕得多。珍妮特突然被一股无形的力量推得后退起来,直到卡特把自己堵在她身后才停下来。

"别这样,"他说,"她很抱歉。"

"是吗?"朱莉娅说,"你说真的?"她问,继续用那种目光打量着珍妮特和卡特。

"是的,非常抱歉,"珍妮特诚心诚意地说,虽然她一点都不知道为什么,"我已经完全改变心意了。"

"眼见为实,耳听为虚。"朱莉娅说。但她还是把目光转到了端食物的玛丽身上。面包,橘子酱,一壶可可。珍妮特看着,闻着壶里飘出来的可可味儿,接着脸就拉了下来,就像格温多琳的第一天一样。"哦,天哪。我讨厌可可。"她说。

玛丽翻着眼睛看着天花板。"别装模作样了!你以前可从来没说过你讨厌。"

"我——我的感觉发生了很大的变化,"珍妮特信口开河,"在我的内心发生变化后,我所有的味蕾也变了。我——你们没有咖啡,对吗?"

"哪里?在地毯下面还是什么地方?"玛丽问,"好吧,我问问厨房。我应该告诉他们你的味蕾正在叛乱,怎么样?"

毕竟卡特也非常乐于听到可可不再是强制供应的了。"我也可以喝咖啡吗?"他在玛丽朝升降机走去的时候问,"或者茶,其实我更喜欢茶。"

"非要等到尤菲米娅失踪,把一切都撇给我一个人的时候才说!"玛丽感到自己受了愚弄。

"毕竟她在这里的时候也什么都不干。"卡特惊奇地说。

玛丽气呼呼地走到通话筒旁,要了一壶咖啡和一壶茶。"给公主和王子殿下,"她对着通话筒说,"他似乎受责罚了。要是这个地方有一个讨人喜欢的平常小孩,让我干什么都行,南希!"

"可是我就是一个讨人喜欢的平常小孩!"珍妮特和卡特异口同声地抗议。

"我们也是——至少讨人喜欢。"朱莉娅平静地说。

"你们怎么会平常?"玛丽放下升降机后问道,"你们四个都是钱特家族的。什么时候钱特家的人平常过?回答我。"

珍妮特满腹疑团地望着卡特,但卡特和她一样茫然不解。"我还以为你们姓克里斯托曼奇呢。"他对罗杰和朱莉娅说。

"那只是爸爸的头衔。"朱莉娅说。

"你是我们某种形式的堂亲,"罗杰说,"你还不知道?我一直认为那就是爸爸让你们在这里生活的原因。"

在他们吃早饭的时候,卡特想着这件事,如果说有什么区别的话,就是他觉得自己的处境比此前更困难了。

第十章

卡特寻找着机会。然后,在桑德斯先生叫他们上课的时候,他抓住罗杰的胳膊小声说:"听我说,格温多琳把尤菲米娅变成了一只青蛙而且——"罗杰发出一声鼻音很重的大笑,卡特不得不等他停下来,"而且她不愿把她变回来。你能吗?"

罗杰强作严肃,但还是忍不住笑意。"我不知道。也许不能,除非她愿意告诉我她用的是什么咒语。找出不知道的咒语是高级魔法,我还没学会。哦,太好笑了!"他伏到餐桌上,大笑了一声。

很自然,桑德斯先生出现在门口,提醒讲笑话的时间是下课后。他们不得不走进了教室。

当然,卡特发现珍妮特错误地坐在了自己的位置上。他尽可能平静地叫她起来自己坐下去,心不在焉地想着怎么才能找出格温多琳使用的咒语。

那是卡特经历的最难过的一个上午。他忘记告诉珍妮特格温多琳唯一知道的事情是魔法。而珍妮特,正如他所怀疑的那样,懂得关于很多方面的事。但全是适用于她自己那个世界的。可能她唯一安全的科目是算术。但桑德斯先生选择那天上午对她进行历史测试。当卡特正在用左手写一篇英语短文的时候,他可以看到珍妮特脸上渐渐浮现的恐慌。

"你这是什么意思?亨利五世?"桑德斯先生厉声说,"理查德二世直到阿金库尔战役之后很久还在位。他最大的魔法成就是什么?"

"打败了法国。"珍妮特猜测。桑德斯先生被她的胡言乱语激怒了。"啊,我想是的。他在水下用熨斗阻止了法兰西,而且英国人穿着羊毛,所以他们不会被粘在烂泥上。也许他们的长弓也是用魔法加持过的。那就是他们没有失败的原因。"

"谁?"桑德斯先生说,"你认为谁赢了阿金库尔战役?"

"英国。"珍妮特说。在她的世界里这当然是对的,但她脸上惊慌失措的表情无疑表明她怀疑相反的答案才是正确的。不幸的是,正是如此。

桑德斯先生双手抱着头。"不,不,不!是法国!你什么都不知道吗,姑娘?"

珍妮特看上去要哭出来了。卡特很害怕。她可能随时崩溃并告诉桑德斯先生她不是格温多琳。她不像卡特一样有保守秘密的原因。"格温多琳一向什么都不懂。"他大声评论说,希望珍妮特明白这个暗示。她听出来了。她长出一口气,轻松起来。"我注意到了,"桑德斯先生说,"但在某个地方,那个大理石脑袋里的某个地方一定有一点灰质细胞。所以我们继续。"不幸的是,珍妮特在如释重负后几乎变得俏皮起来。"你愿意把我的脑袋拆开看看吗?"她问。

"别诱惑我!"桑德斯先生叫道。他用一只骨节突出的手盖住一只眼睛,用另一只眼睛看着珍妮特。他的样子如此好笑以至于珍妮特哈哈大笑起来。而她不同于平时的表现也使桑德斯先生垂下手放在鼻子上,疑惑地盯着她。"你现在在忙些什么?"

"什么都没有。"珍妮特内疚地说。

"嗯……"桑德斯先生用一种使卡特和珍妮特非常不舒服的方式拉长声音说。

终于——相当长的终于——到了玛丽送牛奶和饼干的时间了,她来了,脸上带着一种很不寻常的表情。蹲在桑德斯先生咖啡杯旁的是一个大大的湿漉漉的棕色的东西。卡特觉得他的心沉到了城堡的地窖里,从珍妮特的表情来看,她也一样。

"你这放的是什么?"桑德斯先生说。

"格温多琳今天的功劳,"玛丽冷冷地说,"这是尤菲米娅。看看她的脸。"

桑德斯先生弯下身子看了看,然后他猛地转身对着珍妮特,吓得她几乎从凳子上跳起来。"这就是你们笑的原因?"

"不是我干的!"珍妮特说。

"尤菲米娅在格温多琳的房间,被关在衣柜里,呱呱叫得力气都没有了。"

"我看这得找克里斯托曼奇。"桑德斯先生说,他迈开大步朝门口走去。

在他走到门口之前,门开了,克里斯托曼奇一只手里拿着几张纸,愉快而忙碌地走了进来。"迈克,"他说,"我是不是抓住你在晚上——"他在看到桑德斯先生的表情后站住了,"怎么了?"

"你能来看看这只青蛙吗,先生?"玛丽说,"它在格温多琳的衣柜里。"

克里斯托曼奇穿着一件精致的带着淡紫色条纹的灰色套

装。他拉着他的紫色丝质领带,弯下身子检查那只青蛙。尤菲米娅抬起头,朝他恳求地呱呱叫了几声。这是一个非常寂静的时刻,也是卡特希望永远不要再次经历的一刻。

"我的天!"克里斯托曼奇说,声音轻得像严霜爬上窗户,"这是尤菲米娅。"

"尤菲米娅?"朱莉娅说。

"尤菲米娅,"克里斯托曼奇说,"当然是她。那么这是谁干的?"

卡特奇怪这样温和的声音怎么能使空气刺痛自己的后脑。

"格温多琳,先生。"玛丽说。

但是克里斯托曼奇摇摇头。"不。不要给别人强加恶名。不可能是格温多琳。迈克昨天晚上已经解除了她的魔力。"

"哦,"桑德斯先生说,他脸色通红,"我真蠢!"

"那么还可能是谁呢?"克里斯托曼奇疑惑地说。

又是一阵令人浑身冰冷的沉默。在卡特看来就像冰河世纪一样漫长。在这段时间里,朱莉娅开始微笑。她用手指敲着书桌,沉思地看着珍妮特。珍妮特发现后不由得跳了起来,猛吸一口凉气。卡特慌了。他相信珍妮特准备把格温多琳的事说出来了。于是他说了他能想到的唯一一句能够阻止她的话。

"我干的。"他大声说。

卡特几乎不能忍受他们全看着自己的样子。朱莉娅一脸厌恶,罗杰则被惊呆了。桑德斯先生非常生气。玛丽看着他的样子仿佛他就是青蛙一样。但克里斯托曼奇则显得不愿轻易相信,而且他是最可怕的一个。"对不起,埃里克,"他说,"这是你干的?"

卡特看着他,觉得眼睛里好像蒙上了一层雾气。他觉得是因为害怕。"这是个错误,"他说,"我正在试一个咒语,我——我没料到它会生效。然后——然后尤菲米娅进来后变成了青蛙。就是这样。"他解释说。

克里斯托曼奇说:"我已经告诉过你不要自己练习魔法。"

"我知道,"卡特垂着头,根本不需要伪装,"但我知道它不会生效。然而,它却生效了。"他解释说。

"好,你必须马上解除咒语。"克里斯托曼奇说。

卡特吞吞吐吐地说:"我不会。我不知道该怎么做。"

克里斯托曼奇换了一种非常客气,非常严厉,而且非常怀疑的表情看着他。如果卡特能动的话,他会很愿意钻到桌子底下去。"很好,"克里斯托曼奇说,"迈克,也许你能帮帮忙?"

玛丽把托盘递出来。桑德斯先生拿起尤菲米娅,把她放在讲桌上。尤菲米娅焦急地呱呱叫起来。"稍等片刻。"桑德斯先生安抚地说。他举起双手把她围在中间。什么都没发生。桑德斯先生有点困惑,他开始念咒语。还是没动静。尤菲米娅急切地用头顶着他枯瘦的手指,但她仍然是一只青蛙。桑德斯先生的表情从困惑变成了震惊。"这是个非常奇怪的咒语,"他说,"你用的是什么咒语,埃里克?"

"我想不起来了。"卡特说。

"唉,我的招数都不管用,"桑德斯先生说,"你得过来试试,埃里克。过来这里。"

卡特用无助的表情看着克里斯托曼奇,但克里斯托曼奇点了点头,好像认为桑德斯先生的主意不错。卡特站起来。他的腿早已变得既沉重又无力,而且他的心似乎在地窖里占了一个永久的位置。他慢吞吞地走向那张桌子。当尤菲米娅看见他走过去时,也用行动表达了她的意见,狂乱地从桌子旁边跳了出去。桑德斯先生在半空抓住了她,然后又放在原处。

"我该怎么做?"卡特说,他的声音就像尤菲米娅的呱呱声一样干涩。

桑德斯先生握着他的左手腕,把他的左手放在尤菲米娅湿冷的背上。"现在把咒语从她身上拿掉。"他说。

"我——我——"卡特说。他觉得他应该装着试一下。"别再做青蛙,重新变回尤菲米娅。"他说,同时在痛苦地想如果尤菲米娅变不回来的话他们会对自己怎么样。

但是,让他吃惊的是,尤菲米娅变了。那只青蛙在他的手指下变得温暖,而且突然变大起来。卡特在那棕色的一团急剧变大的时候偷看了一眼桑德斯先生。他几乎确信在桑德斯先生脸上捕捉到了一丝神秘的笑容。下一瞬间,尤菲米娅已经坐在桌子上了。她的衣服有点褶皱,还带着点棕色,但没有别的地方和青蛙有关系了。"我做梦也想不到是你!"她对卡特说。然后她捂着脸哭了起来。

克里斯托曼奇走上来,用胳膊搂着她。"别哭,别哭,亲爱的。那一定是个可怕的体验。我想你需要回去躺躺。"然后他带着尤菲米娅出去了。

"咳!"珍妮特说。

玛丽冷着脸分发着牛奶和饼干。卡特不想吃自己的一份。他没心思吃东西。珍妮特则没有要饼干。

"我认为这里的食物太容易让人长胖了。"她不明智地说。

朱莉娅把这句话视为一种个人侮辱。她拿出手绢打了个结。珍妮特手里正在喝的那杯牛奶滑落在地板上,打碎了。

"清理干净,"桑德斯先生说,"然后出去。你和埃里克。我已经受够你们两个了。朱莉娅和罗杰,请拿出你们的魔法课本。"

卡特拉着珍妮特去了花园。那里看起来最安全。他们在草坪上游荡,两个人都因为上午的经历而心情沉重。

"卡特,"珍妮特说,"我以后要给你添很多麻烦,但这是绝对有必要的,在我们醒着的时候,你就是我的救命稻草,直到我懂得自己该如何处理。今天上午你救了我两次。在她带着那只青蛙进来的时候,我觉得我都快没命了。死到临头了,然后又被你把她变了回来!我还没认识到你也是一个女巫——不,应该是巫师,不是吗?或者你是魔法师?"

"我不是,"卡特说,"我什么都不是。桑德斯先生那样做是为了吓唬我。"

"但朱莉娅是女巫,对不对?"机灵的珍妮特说,"我干了什么让她那样恨我——还是因为格温多琳的原因?"

卡特解释了那起"蛇裙"事件。

"这样说来,我不怪她,"珍妮特说,"但她在教室里用魔法的话会很麻烦,而且我不懂得用任何咒语来保护自己。你知道附近有空手道教师吗?"

"我从来没听说过,"卡特谨慎地回答,心想空手道是什么东西。

"唉!"珍妮特说,"克里斯托曼奇很喜欢穿奇怪的衣服,是不是?"

卡特哈哈大笑起来。"等着看他穿便袍的样子吧!"

"我不敢想象。一定有什么意义!为什么他那么吓人?"

"他一贯如此。"卡特说。

"是的,"珍妮特说,"他一贯如此。当他发现那只青蛙是尤菲米娅的时候,变得那样温和,那样令人吃惊,让我背上起了鸡皮疙瘩。我不能告诉他我不是格温多琳——即使在最严酷的拷问下也不会告诉他——那就是我必须紧跟着你的原因。你不会很介意吧?"

"一点也不。"卡特说。但他确实介意。珍妮特就像坐在他肩膀上把两条腿盘在他胸前一样,是个沉重的负担。而且不幸的是,现在看来他的假供词完全没必要。他带着珍妮特去了被毁掉的树屋,想换换心情。珍妮特被树屋迷住了。她爬上马栗树去看那座树屋,卡特感到正如被别人钻进自己的火车车厢一样。"小心。"他生气地说。树上传来一声响亮得令人气愤的噪音。"该死!"珍妮特说,"穿这些衣服爬树太可笑了。"

"你会缝纫吗?"卡特也爬到了树上。

"我鄙视缝纫,因为那是女性的枷锁,"珍妮特说,"事实上,我会。而且看来我不得不自己动手改一下这两条衬裙。"她试试树屋唯一留下来的地板,然后站到上面,身后的裙摆下露出两条颜色不同的裙褶来。"从这里可以看到村子里。有一辆屠夫的运货马车正在朝城堡的马路上拐。"

卡特爬上去,站在她身边看着那辆马车和拉车的斑点马。

"你们没有汽车吗?"珍妮特问,"在我的世界里每个人都有汽车。"

"富人有,"卡特说,"克里斯托曼奇派他的汽车接我们下火车。"

"但是你们有电灯,"珍妮特说,"但是跟我的世界比起来,另外的一切都是老式的。我猜人们可以利用魔法得到他们想要的东西。你们有工厂吗?或者密纹唱片,或者高楼大厦,或者电视,或者飞机?"

"我不知道飞机是什么。"卡特说。他也不知道大部分其他的东西是什么,而且他厌倦了这种谈话。

珍妮特看出来了。她四处张望着,想找个话题,于是看到了周围树梢上挂着的大大的绿色马栗果实。那些树叶的边缘已经发焦,表明马栗距离成熟不远了。珍妮特走到地板边上,想去够最近的一串马栗,但它们在她的指尖晃来晃去,总是够不到。"噢,该死!"她说,"它们看起来差不多熟了。"

"还没熟,"卡特说,"但我真希望它们熟了。"他从树屋的废墟里抽出一根树枝,朝那串马栗果敲过去。没敲中,但他肯定摇动了它们。几颗马栗果从树上掉下去,骨碌碌滚到了地上。

"谁说没熟?"珍妮特探头了看,说。

卡特伸着脖子往下一看,看见了裂开的绿色果皮内亮闪闪的棕色马栗。"哦,赶快!"他像猴子一样爬下了树,珍妮特也手忙脚乱地跟着他爬了下来,弄得头发上全是小树枝。他们贪婪地捧起马栗——那些极好的马栗外壳上带着像地图上的等高线一样的花纹。

"还缺一根扦子!"珍妮特抱怨地说,"我的王国需要一根扦子!我们可以把它们穿到我的鞋带上。"

"这里有一根。"卡特说。他左手边的地上正好有一根。

一定是从树屋上掉下来的。

他们俩热火朝天地钻着马栗。他们从格温多琳的靴子上解下一根鞋带。他们发觉两个世界的游戏规则是一样的,于是他们跑到那座传统花园里,在碎石地上展开了一场激战①。珍妮特坚定地砸碎了卡特的最后一颗马栗,欢呼起来:"我赢了!我的是赛文纳②了!"这时米莉转过一处拐角,站在一棵紫杉树下笑盈盈地看着他们。

"你们知道吗,我都没想到马栗已经熟了。但是可爱的夏天已经过去了。"

珍妮特惊慌失措地看着她。她根本不知道这个穿着美丽的印花丝绸长裙的胖乎乎的女人是谁。

"你好,米莉。"卡特说。但这对珍妮特帮助不大。

米莉微笑着打开她的手提袋。"有三样我认为格温多琳需要的东西。给你们,"她递给珍妮特两枚安全别针和一包鞋带,"我始终相信有备无患。"

---

① 英国的一种传统儿童游戏。一到秋天,孩子们就去收集落在地上的马栗树果实,然后穿在绳子上,两个人轮流撞击对方的马栗果,以击破对方的马栗果为胜。这种游戏叫康克斯游戏(Conkers)。

② 在康克斯游戏里,击碎过一颗马栗的马栗果叫做"Oner",击碎过两颗的叫"Twoer",以此类推。"赛文纳"即"Sevener",此处采用了音译。

"谢——谢谢你。"珍妮特结结巴巴地说。她恐慌地想到了她张着口的靴子,她缠着小树枝和树叶的头发,还有耷拉下来的两条衬裙的带子。而更使她心慌的是她不知道米莉是谁。

卡特发现了,但他无法向她解释。所以他非常肉麻地对米莉说:"我觉得罗杰和朱莉娅太幸福了,有一个像你这样的妈妈,米莉。"

米莉满脸微笑,珍妮特也一副恍然大悟的样子。卡特感到自己很虚伪。他不是那样想的,但要不是因为珍妮特,他做梦也想不到自己会那样说。

在得知米莉是克里斯托曼奇的妻子之后,珍妮特情不自禁地想尽可能地多挖掘一些信息。"米莉,"她说,"卡特的父母是嫡堂亲吗——我指的是,他们是吗?卡特和你是什么亲戚?"

"听上去像那种别人考验你有多聪明的问题,"米莉说,"但是我不知道答案,格温多琳。和你们有联系的是我丈夫的家族,你明白吗?我对他们了解得不多。这个问题需要克里斯托曼奇解释,真的。"

真巧,就在这时克里斯托曼奇走进了花园围墙的入口。

米莉连忙满脸笑容地走向他。

"亲爱的,我们正要找你。"

珍妮特本来正低着头想办法把衬裙别起来,一看见克里斯托曼奇马上垂头看着路面,仿佛那些石头和沙子突然变得非常有趣一样。

"其实很简单,"克里斯托曼奇在米莉向他解释过问题后说道,"弗兰克和卡洛琳·钱特是我的堂亲——当然,他们也是嫡堂亲。当年他们执意结婚,在我的家族里引起了一场大风波。后来,我的长辈决定用完全老派的方式剥夺他们的继承权,而且不给一个先令。你看,在一个魔法家族堂亲结婚是一件多么糟糕的事情。当然,不剥夺继承权也没什么不同。"他微笑着对卡特说。他显得非常亲切。"这是不是回答了你的问题?"

卡特对格温多琳的感受有了点模糊的认识。当一个人做错事的时候他会显得很亲切,这种样子让人既窘迫又生气。他情不自禁地问:"尤菲米娅没事吧?"话一出口他就后悔了。克里斯托曼奇脸上的微笑像闪电一样消失了。"是的,她现在感觉好多了。你展示了令人感动的关心,埃里克。我相信你对把她藏在衣柜里这件事感到很难过,是不是?"

"亲爱的,别那么吓人,"米莉挽起克里斯托曼奇的胳膊,"这是一场意外,而且现在已经结束了。"她拉着他沿着小路走开了。但是,就在他们走过那棵紫杉树离开视线之前,克里斯托曼奇回头看了卡特和珍妮特一眼。那是一种困惑的目光,但绝不能让人安心。

"我的天哪!我的天哪!"珍妮特低声说,"我简直站在这里连动都不敢动了!"她别好了衬裙,在米莉和克里斯托曼奇走出听力所及的范围之后,她说:"她很亲切——米莉——是个绝对的可人儿。但是他!卡特,克里斯托曼奇有可能是一个非常强大的大巫师吗?"

"我认为他不是,"卡特说,"为什么这样问?"

"嗯,"珍妮特说,"一部分是他给我的感觉——"

"我一点感觉都没有,"卡特说,"我只是怕他。"

"那就是了,"珍妮特说,"你可能一直和女巫生活在一起,感觉变迟钝了。但这是一种感觉。你注意过他总是在人们叫他的时候出现吗?他已经这样做过两次了。"

"那两次完全是巧合,"卡特说,"不能把巧合的事当结论。"

"他掩饰得很好,我承认,"珍妮特说,"他出现的时候看起来好像正在做别的事一样,但是——"

"噢,闭嘴吧!你变得像格温多琳一样糟糕了。她总是一刻不停地琢磨他。"卡特气呼呼地说。

珍妮特在地上跺了跺她敞着口的靴子。"我不是格温多琳!我甚至一点也不像她!用你的榆木脑袋记好,行不行?"

卡特哈哈大笑起来。

"你笑什么?"珍妮特说。

"格温多琳也喜欢在生气时跺脚。"卡特说。

"上帝呀!"珍妮特说。

第十一章

等珍妮特把两只靴子上的鞋带绑好的时候,卡特确信午饭时间到了。他催着珍妮特回到那道隐蔽的大门前。就在他们快走到门口的时候,杜鹃花丛里传出一个沙哑的声音。

"小姐!等一下!"

珍妮特警觉地看了卡特一眼,他俩赶忙往门口跑去。那不是个令人愉快的声音。他们身边的杜鹃花丛里哗啦啦一响,一个穿着一件脏雨衣的胖老头从里面钻了出来。在他们从惊慌中恢复过来之前,那个老头已经跑上来堵住了他们,他站在他俩和大门中间,用一双松弛的红眼睛责怪地看着他们,嘴里喷出一股啤酒味儿。

"你好,巴斯拉姆先生。"卡特替珍妮特说。

"你没听见我叫你吗,小姐?"巴斯拉姆先生质问道。

卡特看得出珍妮特害怕他,但她像格温多琳一样冷冷地回答:"听见了,不过我以为是树在说话。"

"树在说话!"巴斯拉姆先生说,"我受了那么多折磨后来找你,你把我当成一棵树!我买了整整三品脱黄油才让他用他的马车带我来,我都几乎被颠成碎片!"

"你有什么事?"珍妮特紧张地说。

"是这样的——"巴斯拉姆先生说。他拉开雨衣,慢慢在那件松垮垮的裤子的口袋里摸索着。

"我们必须进去吃午饭了。"卡特说。

"不耽误,年轻的绅士。给你。"巴斯拉姆说。他把一只苍白、脏乎乎的手伸向珍妮特,手里是两个亮闪闪的东西。

"这是我妈妈的耳环!"卡特吃惊地替珍妮特说,"怎么在你这里?"

"你姐姐给我的,用来付那些龙血的钱,"巴斯拉姆说,"小姐,我得说你是真心诚意的,但它们对我没有用。"

"怎么会?"珍妮特说,"它们就像——我是说,它们是真正的钻石。"

"千真万确,"巴斯拉姆说,"但你没告诉我它们是被施过魔法的,对不对?它们被下过可怕的防止丢失的强大咒语,确实。聒噪死人的咒语。它们整夜在兔子标本里面大喊大叫'我属于卡洛琳·钱特',今天早上我只好把它们包在一张床单里,这才敢带着它们去一个我认识的人那里。而他连碰都不愿意碰它们。他说他不会在任何喊钱特名字的东西上浪费力气。所以退给你吧,小姐。你还欠我五十五英镑。"

珍妮特和卡特都倒吸了一口凉气。"我很抱歉,"珍妮特说,"我确实不知道。但是——但是恐怕我根本没有任何收入来源。你不能把那个咒语去掉吗?"

"还要冒险找门路?"巴斯拉姆先生说,"我告诉你,那个咒语力量很强。"

"那它们为什么现在不喊叫?"卡特说。

"你认为我是什么人?"巴斯拉姆说,"我能坐在一头喊叫着自己属于钱特夫人的绵羊身上吗? 不。我认识的那个人好心赊账为我用了一点魔法。但他对我说,他说的是:'我只能让它们安静一个小时左右。那是个非常强大的魔法。如果你希望把它永久去除,必须带着它们去找一个大巫师。那你的花费也许和买这样一对耳环一样多,此外还得说明来路。'大巫师们都是大人物,小姐。所以我如坐针毡地带着它们,在你们过来之前,因为担心符咒的效力消失而吓得要死,而现在你说你没有收入! 不——你要收回它们,小姐,然后给我一些别的来抵账。"

珍妮特紧张地看着卡特。卡特叹了口气,摸摸自己的口袋。他只剩下了半个克朗。他把那半个克朗递向巴斯拉姆。

巴斯拉姆先生后退了一步,露出一种受伤的,像受到鞭打的圣伯纳犬一样沮丧的表情。"我要的是五十五英镑,而你却给了我半克朗!孩子,你在和我开玩笑吗?"

"这是我们俩全部的钱,"卡特说,"在此时此刻。但我们每人每星期都会得到一克朗。如果我们都给你的话,我们会——"他飞快地计算着。一周十先令,一年五十二周,二十六镑一年。"只需要花两年就能付清。"如果没有钱的话,两年时间会很难过。然而,巴斯拉姆已经为格温多琳弄到了龙血,似乎应该让他得到报酬才公平。

但是巴斯拉姆先生显得更受伤了。他把目光从卡特和珍妮特身上移开,伤心地凝视着城堡的墙壁。"你们住在这样的地方,但你们告诉我,你们一个星期只能得到十先令!不要和我开这么残酷的玩笑。只要你们动动脑筋,你们手边就是无穷无尽的钱。"

"但我们不能,真的。"卡特抗议道。

"我认为你应该试试,年轻的绅士,"巴斯拉姆说,"我不是不讲道理的人。我只要二十镑作为部分付款,包含百分之十的利息,还有我花在闭嘴咒语上的钱。那应该对你们来说非常容易。"

"你知道这是不可能的!"珍妮特愤慨地说,"你最好收下这对耳环。你的兔子标本戴着这对耳环一定很可爱。"

巴斯拉姆先生异常疲惫地看了她一眼。与此同时,一个细弱的,唱歌一样的声音从巴斯拉姆手上的耳环里发出来。声音小得卡特分辨不出内容,但足以证实巴斯拉姆先生所言不虚。巴斯拉姆先生无精打采的表情里多了一丝活力。他的样子更像一只穷追不舍的大猎狗。他让那对耳环从他的胖手指间滑落到鹅卵石地面上。

"它们就躺在那儿了,"他说,"如果你们肯弯腰拾起来的话。我愿意提醒你,小姐,交易龙血是非法的,而且是受禁止的。我已经在这件事上帮了你。你欺骗了我。现在我告诉你我要在下周三的时候拿到二十镑。我给你一些时间。如果我拿不到,那么克里斯托曼奇星期三晚上就会听到龙血的事。如果他知道的话,我就不会站在你这边了,小姐,即使你给我两千镑和一条钻石头饰也迟了。你们听明白没有?"

他的话令人毛骨悚然。"要是我们把龙血还给你呢?"卡特绝望地提议。当然,格温多琳已经把巴斯拉姆先生的龙血带走了,但桑德斯先生的工作室里还有一大瓶。"

"我要龙血有什么用,孩子?"巴斯拉姆先生说,"我不是魔法师。我只是一个可怜的商人,而且这附近也没有人需要龙血。我需要的是钱,二十英镑,下周三,别忘了。"

他像大猎犬一样对他们点点头,脸颊上的肥肉和松弛的眼皮一阵乱颤,然后他侧着身子钻进杜鹃花丛。他们听见他衣衫摩擦的声音远去了。

"这么肮脏的一个老头子!"珍妮特用颤抖的声音说,"我真希望我是格温多琳。我会把他变成一条四个头的蜈蚣。呃!"她弯下腰把耳环从地上捡了起来。

门旁边立即响起了高亢的、唱歌一样的声音:"我属于卡洛琳·钱特!我属于卡洛琳·钱特!"

"天哪,"珍妮特说,"它们知道。"

"赶快给我,"卡特说,"别让人听见了。"

珍妮特慌忙把耳环递给卡特。那个声音立刻停止了。"我真不习惯这些魔法,"珍妮特说,"卡特,我应该怎么办?怎么还这个可怕的人的钱?"

"肯定有一些我们能卖的东西,"卡特说,"村里有一家旧货店。走吧,我们得去吃午饭了。"

他俩匆匆赶到娱乐室,发现玛丽已经在他们的位置上摆好了肉汤和饺子。

"哦,看呀,"珍妮特说,她需要借此放松一下心情,"营养丰富的增肥午餐。多好呀!"

玛丽瞪了他们俩一眼,一言不发地离开了房间。朱莉娅显得很不高兴。等珍妮特坐下来后,朱莉娅从袖子里拿出已经打好结的手绢,把手绢放在腿上。当珍妮特用叉子叉起一只饺子的时候,叉子被卡住了。那只饺子变成了一块白色的鹅卵石,盘子中的泥浆里还有另外两个游来游去的东西。

珍妮特小心地放下上面扎着一块鹅卵石的叉子,又把餐刀规规矩矩地横放在那盘泥浆上。她极力控制着自己,但过了一会儿,她像格温多琳最愤怒的时候一样爆发了。"我很饿。"她说。

朱莉娅笑了笑。"真可惜,"她幸灾乐祸地说,"你没有魔法来保卫自己了,是吗?"她在手绢末端打了个较小的结,"你的头发里会出现各种各样的东西,格温多琳。"她拉紧了那个结。粘在珍妮特头发上的小树枝蠕动起来,开始往餐桌和她的裙子上掉。每个树枝都变成了一只身上带着条纹的大毛毛虫。

珍妮特并不比格温多琳更害怕蠕动的东西。她捡起那些毛毛虫,摆在朱莉娅面前。"我在考虑告诉你爸爸。"她说。

"哦,千万别,别去打小报告,"罗杰说,"放过她,朱莉娅。"

"才不,"朱莉娅说,"让她吃不成午饭。"

和巴斯拉姆先生会晤之后,其实卡特不是特别饿。"给你。"他说,他把自己的一盘肉汤和珍妮特的烂泥调换了位置。珍妮特开始抗议。可是,一旦那盘烂泥放到卡特面前,它又变成了热气腾腾的肉汤。而那堆蠕动的毛毛虫只是一堆小树枝。

朱莉娅看着卡特,满脸的不高兴。"你不要干涉。气死我了。她待你就像对待一个奴隶,就这样你还支持她。"

"但是我只是换了盘子!"卡特困惑地说,"为什么——"

"有可能是迈克。"罗杰提出。

朱莉娅向他一瞪眼。"是你干的吗?"罗杰温和地摇摇头。朱莉娅怀疑地看着他。"要是我再吃不上橘子酱的话,"她最终说,"格温多琳会得到报应的。但愿你被那盘汤噎着。"

在那天下午的课堂上,卡特发觉很难集中注意力。他不得不像鹰一样盯着珍妮特。珍妮特已经打定主意装傻,这是唯一安全的办法——她认为格温多琳一定非常愚蠢——而卡特认为她装过了头。因为至少格温多琳懂得2的乘法表。卡特还担心在桑德斯先生转身的时候,朱莉娅会在她的手绢上再打一个结。幸好朱莉娅胆子没那么大。不过,卡特最发愁的是怎么在下周三弄到二十英镑。如果弄不到的话,他都不敢想象会发生什么事。最起码的事是,他想,珍妮特会承认她不是格温多琳。一想到克里斯托曼奇那严厉的目光和接踵而来的训斥——"你和格温多琳一起去买龙血,埃里克?但是你知道那是非法的。而且你还设法让珍妮特装作格温多琳来掩饰?你展示了令人感动的关心,埃里克。"——卡特的心就揪了起来。可是他除了那对大叫着自己属于别人的耳环外没有什么可以拿去卖的东西。如果他写信给伍尔夫科特市的市长问能否从基金里支出二十镑,市长只会写信给克里斯托曼奇问为什么卡特需要这笔钱。到时候克里斯托曼奇一样会严厉地盯着他说:"你跟格温多琳一起去买龙血?"这是毫无指望的。

"你感觉怎么样,埃里克?"桑德斯先生问了好几次。

"哦,没事。"卡特每次都这样回答。他相信脑子里同时想着三件事不能被视为生病,尽管他觉得跟生病差不多。

"玩打仗游戏吗?"下课后罗杰提议。

卡特本来想去的,但他不敢抛下珍妮特让她一个人待着。"我有些事要做。"他说。

"和格温多琳。我明白了,"罗杰厌烦地说,"任何人都会认为你是她的跟屁虫,或者别的什么。"

卡特感到很伤心。气人的是他知道珍妮特没有他会比没有左腿轻松得多。当他匆忙追着珍妮特回到格温多琳房间的时候,他真心希望自己跟的是真正的格温多琳。

房间里,珍妮特正在狂热地搜集着东西:格温多琳的咒语书,壁炉架上的装饰品,金背梳子和梳妆台上的手镜,旁边桌子上的罐子,还有浴室里的一半毛巾。

"你在干什么?"卡特说。

"在找我们能卖的东西。你的房间里有什么能匀出来卖掉的东西吗?"珍妮特说,"别那样看我。我知道这相当于偷窃,但我太绝望了,一想到那个可怕的巴斯拉姆要去找克里斯托曼奇我就什么都不在乎了。"她走到衣柜旁,翻看着挂在横杆上的衣服。

"这里还有一件很好的外套。"

"等天冷的时候,星期天要穿这件衣服的,"卡特疲倦地说,"我去看看我能找到什么——只是你要保证在我回来之前不离开这里。"

"肯定的,"珍妮特说,"没有你我简直一步都不敢动,老爷。但你要快一点。"

卡特房间的东西不多,但他还是尽可能搜集了一些,还加了一块浴室里的大海绵。他感到自己在犯罪。珍妮特和他把搜集到的东西包进两块浴巾里面,带着两个叮叮当当的包裹蹑手蹑脚地下了楼,生怕被人发现。

"我感到自己像个拿着赃物的小偷,"珍妮特小声说,"随时都会被人用探照灯照到,然后警察就会跑过来。这里有警察吗?"

"有,"卡特说,"闭嘴。"

但是,和往常一样,那扇隐蔽的门旁边没有任何人。他们悄悄地沿着走廊往外窥视。杜鹃花丛附近空无一人。他们轻手轻脚地朝杜鹃花丛溜过去。那些能够藏住巴斯拉姆先生的树丛一定能藏住他们和他们的战利品。

他们刚出门下了三个台阶,一阵大合唱响了起来。珍妮特和卡特吓得魂儿都没了。"我们属于克里斯托曼奇城堡!我们属于克里斯托曼奇城堡!"几十种声音喊叫着,有的深沉,有的尖利,但全都非常响亮。那些声音组成了一种震耳欲聋的噪音。他们几秒钟后才意识到那些声音是从包裹里发出来的。

"讨厌的椅罩！"珍妮特说。

在几十种声音的大合唱里,他们掉头朝门里冲回去。

贝瑟默小姐打开了门。她穿着紫色长裙,又高又瘦地站在那里等他们进来。珍妮特和卡特别无选择,只好内疚地从她身边逃进走廊里,把他们突然安静下来的包裹放在地板上,然后呆立着等着麻烦的到来。

"多么可怕的噪音啊,亲爱的!"贝瑟默小姐说,"自从一个愚蠢的魔法师试图偷我们的东西以来,我很久没听过这样的声音了。你们在干什么？"

珍妮特不知道这位端庄的紫衣女士是谁,她害怕得说不出话来。

卡特不得不说点什么。"我们想去树屋里玩过家家,"他说,"我们需要一些东西。"这个谎撒得如此圆满,卡特不禁对自己感到很惊奇。

"你应该告诉我的,傻瓜!"贝瑟默小姐说,"那样我可以给你们一些我们不介意带出去的东西。去把东西放回去,明天我给你们找一些漂亮的东西当摆设。"

他们沮丧地回到珍妮特的房间里。"我不习惯到处都是魔法的生活,"珍妮特抱怨道,"这种状态令我沮丧。那个高个子的紫衣女士是谁?我可以用钱赌她是女魔法师。"

"贝瑟默小姐。女管家。"卡特说。

"她会不会给我们一些值钱的好东西,可以让我们在市场上卖二十英镑?"珍妮特问。他们都知道这是不可能的。只是除此之外他们想不到其他能够赚到二十镑的办法。这时,更衣钟响了。

卡特已经提醒过珍妮特晚餐是什么样子。她也保证过在男仆越过她的肩头递东西的时候不跳起来,并承诺不和桑德斯先生谈论雕像,不介意听伯纳德关于股票和证券的长篇大论。所以卡特第一次觉得他可以轻松一些。他帮着珍妮特穿衣服,甚至自己还洗了个澡,当他们走进客厅时,他觉得这次他们俩不会出什么漏子了。

但事实证明桑德森先生对于雕像的狂热走到了终点。于是,每个人都开始讨论起如何分辨双胞胎,然后话题又转到那些没有亲缘关系的完全相同的人身上。连伯纳德也忘掉他对于证券的兴趣加入了这个新话题。

"真正的难点在于,"他眉飞色舞,探着身子大声说,"这样的人如何适应其他的世界。"

这样一来,让卡特惊慌起来了,谈话转移到了其他世界。换个时间他也许会对此很感兴趣,而现在他简直看都不敢看珍妮特一眼,只盼着这个话题早些结束。但他们讨论得很热心,每个人都是,尤其是伯纳德和桑德斯先生。卡特了解到了很多关于其他世界的事。那些被人访问过的世界的数量。在那些广为人知的世界里,根据这些世界里发生的同样的历史事件被划分在一起,称作系列。同一个系列里的世界中没有至少一个完全相同的镜像人的情况是非常罕见的——人们常常有一系列的镜像人,在每个系列里。

"但是一个系列之外的镜像人是怎么回事?"桑德斯先生说,"我在系列三里有至少一个镜像,但是我怀疑还有另外的存在于——"

珍妮特猛地站了起来,喘着气。"卡特,救命!好像坐在针上一样。"

卡特看看朱莉娅,在她脸上看见了一点淡淡的笑意,她的手绢的一角还放在桌子上。"换位置。"他小声说,感到非常累。他也站起来,每个人都看了过来。

"所有这些都使我觉得还没有找到一种令人满意的分类

方法。"桑德斯先生一边把头转向卡特这边,一边说。

"你认为,"卡特说,"我可以和珍——格温多琳换换位置吗？她在那里听不太清桑德斯先生的谈话。"

"是的,你讲的事情太有趣了。"珍妮特喘着气在她的位置上说。

"只要你觉得有必要。"克里斯托曼奇说,他显得有些恼火。

卡特坐到珍妮特的凳子上。他觉得一点异样都没有。朱莉娅低下头不快地瞪着他,皱着眉头气恼地解开了手绢上的结。卡特觉得她以后连自己也要讨厌上了。

唉,他叹了口气。让人头疼的事真是一件接一件。

不管怎么说,那天晚上在他进入梦乡时,他不觉得没有希望。他不相信情况还能变得更糟糕——所以一定会向好的方向转变。也许贝瑟默小姐会给他们一些很值钱的东西,那样他们就能卖掉它们。或者,更好的情况是,也许格温多琳在他一觉醒来时已经回来,而且解决了他的所有问题。

但他早上去格温多琳房间的时候,里面仍然是珍妮特。她一面系吊袜带,一边扭头对卡特说:"这些东西可能对人很不好。你也穿它们吗？或者它们是一种对女性的折磨？魔法能做的一种有用的事情是可以把一个人的长筒袜固定起来。这会使你觉得女巫并非一无是处。"

她确实很多嘴,卡特想。但这总比格温多琳的位置上没有一个人好。

吃早饭的时候,玛丽和尤菲米娅都很不友好。她们一离开房间,一张窗帘就缠到了珍妮特的脖子上,试图使她窒息。卡特拿开那张窗帘。它像活的一样和他搏斗,因为朱莉娅正拉着手绢的两头,用力拉着上面的结。

"噢,快停下来,朱莉娅!"他请求她。

"对,快住手,"罗杰说,"这样做既傻又没趣。我要安安生生地吃饭。"

"我非常愿意做朋友。"珍妮特提出。

"那只对我们中的一个有效,"朱莉娅说,"不行。"

"那就做敌人!"珍妮特厉声说,几乎和格温多琳一模一样,"我起初以为你很善良,但我现在看出来你只是一个讨厌的,固执的,心狠手辣,长着一双斗鸡眼的巫婆!"

这样说当然是为了激怒朱莉娅。

幸运的是,桑德斯先生比平常出现得早。所以当桑德斯先生探头进来之前,朱莉娅只来得及把珍妮特的橘子酱变成橙色的蠕虫,把咖啡变成深棕色的肉汤,而且在卡特换过来的时候恢复了原样。至少卡特认为这很幸运,直到桑德斯先生对他说:"埃里克,克里斯托曼奇现在想见你,在他的书房。"

卡特站起来。他的胃里翻腾着被施过魔法的橘子酱,心像上次一样迅速沉到了城堡的地窖里。克里斯托曼奇发现了,他想。他知道了龙血和珍妮特的事,而且他准备彬彬有礼地看着我,并且——噢,我真希望他不是一个大巫师!

"我——我要怎么走?"他艰难地说。

"带他去,罗杰。"桑德斯先生说。

"为——为了什么事?"卡特问。

桑德斯先生笑了。"你会知道的,赶快去。"

第十二章

　　克里斯托曼奇的书房是一间很大的、沐浴着阳光的房间，四壁的书架上都放着书。房间里有一张书桌，但他并没有坐在书桌旁。他正舒舒服服地坐在一张沙发上，一边晒太阳，一边看报纸。他穿着一件上面绣着金龙的绿色便袍。那些刺绣的龙在阳光下亮闪闪的，卡特的目光一落上去就挪不开了。他站在门口，不敢再进一步，心想：他已经发现了龙血的事。

　　克里斯托曼奇抬起头笑了笑。"别那么害怕，"他放下手里的报纸，"来，坐下来。"

　　他指指一张皮质的大扶手椅。他的一举一动都显得那样友好，但是这些日子以来，卡特已经相信他表面的友好恰恰是毫无意义的。他认定克里斯托曼奇越显得友好，就意味着他的心里越生气。他轻手轻脚地走到那张扶手椅旁坐下来。那张椅子是一种既深又有斜度的靠背椅。他向后靠在光滑的皮靠背上，直到发觉自己不得不从双膝间看着克里斯托曼奇。

他感到自己毫无防备，但他觉得自己应该说点什么，所以他低声说："早上好。"

"看上去你并不是这样想的，"克里斯托曼奇说，"你无疑有你的理由。不过不用担心。这一次和青蛙没有关系。你明白吗，我一直在考虑你——"

"哦，你不需要！"卡特以半躺的姿势说。他觉得如果克里斯托曼奇把他的思想专注在世界的另一边的话，他看起来会平易近人得多。

"没事，"克里斯托曼奇说，"总之谢谢你。正如我所说的，这次青蛙事件使我思考。尽管我担心你也许像你令人无法忍受的姐姐那样缺乏道德心，但我想知道我是否能信任你。你认为我能信任你吗？"

卡特不明白这番话的用意，只好跟着克里斯托曼奇的话说下去，他似乎不是特别信任卡特。"从来没有人信任过我。"卡特谨慎地说——除了珍妮特，他想，而且只是因为她没有选择。

"但也许值得试试，你不这样认为吗？"克里斯托曼奇提出，"我这样问是因为我打算开始你的魔法课程。"

这句话大出卡特的意料。他被吓住了。他的双腿因为吃惊哆嗦起来。他努力稳住双腿,但无法平息内心的恐慌。一旦桑德斯先生开始教他魔法,他没有魔法力的事实就会真相大白,那么克里斯托曼奇就会重新考虑那只青蛙。卡特咒骂这个会让珍妮特大吸一口凉气并使他最终坦白的机会。"哦,你千万别那样做!"他说,"那样相当要命。我的意思是,你根本不能信任我。我心肠很黑,我邪恶,都是因为我和夏普夫人一起住造成的。如果我学会魔法的话,不知道会干出些什么来。看看我对尤菲米娅干的事吧。"

"那件事,"克里斯托曼奇说,"只是一种我希望避免的意外。如果你学会怎么使用魔法和应该做什么,你就不太可能再犯那种错误了。"

"是的,但是我也许是有意那样干的,"卡特说,"那样你就教会了我干坏事的手段。"

"不管怎么说你已经会了,"克里斯托曼奇说,"魔法是不能埋没的,你知道。没有一个拥有魔法能力的人能永远忍着不使用它的。到底什么原因使你认为自己那么邪恶?"

这个问题使卡特相当为难。"我偷苹果。"他说。"还有,"他提出,"我对格温多琳干的一些事情非常热心。"

"哦,我也一样,"克里斯托曼奇表示赞同,"人们总想知道她下一步的想法。你对她那一系列淘气的事怎么看?还有那四个幽灵?"

卡特打了个冷战。他一想到那四个东西就觉得恶心。

"就是,"克里斯托曼奇说,令卡特发慌的是,他带着温和的微笑看着他,"好的,让迈克星期一开始你的基础魔法课程吧。"

"啊,请别那样!"卡特挣扎着从那张椅子上爬下来,哀求道,"我会招来蝗灾的,我比摩西和亚伦还坏。①"

克里斯托曼奇沉思着说:"如果你把英吉利海峡的水分开,那也许很有好处。想想你解救的那些晕船的人。别那么惊恐。我们不打算教你像格温多琳那样肆意妄为。"

卡特绝望地回到教室里,发现他们正在上地理课。桑德斯先生正在为珍妮特不知道亚特兰蒂斯在哪里而生气。

"要是我告诉你那是我们叫做美国的地方呢?"珍妮特在午饭时问卡特,"但是,我提醒你,当我说它是由印加人统治的时候完全是一个幸运的猜测。你怎么了,卡特?你看起来好像要哭一样。他没有发现巴斯拉姆先生的事,是吗?"

---

① 摩西和亚伦都是圣经里的人物,他们是兄弟,在圣经的记载里,摩西曾经为埃及带来过蝗灾。

177

"没有,但一样糟糕。"卡特说,然后他解释了一下。

"我们需要这样做!"珍妮特说,"发现来自各个方向的威胁。但在我看来,这件事也许不像表面上那样糟糕。如果事先练习一下,也许你能唤醒一点魔法。放学后我们看看,用亲爱的善良的格温多琳好心留下来的魔法书能干点什么吧。"

再次开始上课的时候,卡特非常高兴。他已经厌倦和珍妮特换盘子了,朱莉娅的手绢在打了那么多结后,肯定已经用破了。放学后,他和珍妮特找了两本魔法书,带着它们上了卡特的房间。珍妮特羡慕地打量了一圈。"我更喜欢这个房间。这个房间令人振奋。我那个房间使我觉得像睡美人和灰姑娘一样,她们都是令人厌恶的甜姐儿。现在让我们认真干活吧。哪个咒语最简单?"

他们跪在地板上,每人拿着一本书翻看着。"我希望找到一个怎样把纽扣变成英镑的咒语,"卡特说,"那样我们就能付巴斯拉姆钱了。"

"别说那件事了,"珍妮特说,"我们现在够忙的了。这个怎么样?"

"简单漂浮练习。拿一面小镜子放在地上,使你的脸能照在镜子里。保持你的脸在镜子里,把镜子向逆时针方向转动三次,前两次默念,第三次说出来:'小小镜子升起,升在空气里,升到我的头顶停在那里。'镜子然后就会飘起来——我认为你应该能做到,卡特。"

"我会试试的。"卡特怀疑地说。

珍妮特若有所思地看着他。"我认为你还没长大,"她说,"当你被吓坏的时候确实让我很担心。有人对你干过什么事吗?"

"我想没有,"卡特非常吃惊地问,"为什么这样问?"

"啊,我从来没有过兄弟,"珍妮特说,"去拿面镜子。"

卡特从抽屉柜里找出一面手镜,小心翼翼地放在地板上。"像这样吗?"

珍妮特叹了口气。"我就是这个意思。我知道如果我命令你,你会把它拿出来。你能不能不要这样体贴和顺从?这样会使我紧张。总之——"她拿起那本书,"你能在镜子里看到你的脸吗?"

"几乎没有别的。"卡特说。

"真好笑。我能看见我的脸,"珍妮特说,"我可以一起做吗?"

"你比我更有可能让它动起来。"卡特说。

于是他们一起转着那面镜子,然后又同时念出咒语。这时,门开了,玛丽走了进来。珍妮特心虚地把那本书放到背后。

"是的,他在这儿。"玛丽说。她站到一边,让一个陌生的青年男子进了房间。"这是威尔·萨根斯,"她说,"他是尤菲米娅的未婚夫。他想跟你谈谈,埃里克。"

威尔·萨根斯又高又壮,相当潇洒。从他的衣服看,他好像在面包店工作了一天,下班后又仔细把衣服用刷子刷过一遍。这个人来者不善。"是你把尤菲米娅变成了一只青蛙,是吗?"

"是的。"卡特说。因为玛丽在场,他不敢说别的。

"你这么小。"威尔·萨根斯说。他似乎对此有些失望。

"总之,"他说,"不管你个子大小,我不允许把尤菲米娅变成别的东西。我对此表示反对。明白吗?"

"我很抱歉,"卡特说,"我不会再那样做了。"

"那太对了!"威尔·萨根斯说,"从玛丽告诉我的情况看,这件事太便宜你了。我要给你一个你不会匆忙忘记的教训。"

"不,别这样!"珍妮特说。她走向威尔·萨根斯,把那本

《初级魔法》威胁似的推向他。"你的体形比他大三倍,他也道过歉了。如果你敢碰卡特,我会——"她把那本书从威尔·萨根斯胸口拿开,匆匆翻看着,"我会使你的躯干和双腿无法行动。"

"很好,我会等着的,我保证!"威尔·萨根斯好笑地说。"没有魔法,你打算怎么做,我能问问吗?即使你真的做到了,我敢说我能很快脱身的。我自己也是个不错的魔法师。可是,"他又转向玛丽,"你本应该告诉我他这么小的。"

"考虑到魔法和顽皮的话,就没那么小了,"玛丽说,"他们俩都一样。他们是一对真正的坏蛋。"

"好,那我就用魔法来处置。很简单。"威尔·萨根斯说。他在粘着一点面粉的外套口袋里摸索着。"啊!"他拿出了一块像是湿面团的东西,用一双有力的大手用力地捏了一会儿。然后他把那块面团团成一个球掷到卡特脚下。它扑通一声粘在了地毯上。卡特带着极大的恐慌看着它,不知道这是在做什么。

"它会粘在那儿,"威尔·萨根斯说,"直到星期天的下午三点。星期天不是使用魔法的好日子,但那是我的休息日。届时我会以老虎的样子在拜德莱姆牧场等你。我擅长变老虎。只要你愿意,你可以把自己变成你喜欢的大东西,或者既小又灵活的东西。无论你是什么,我都会给你个教训。但是如果你没有以某种形式赶到拜德莱姆牧场,那块面团就会生效,把你变成一只青蛙——时间长短取决于我的心情。好了,玛丽,我说完了。"

威尔·萨根斯转身走出了房间。玛丽跟在后面,但她忍不住在门口扭头说了一句:"看看你有多喜欢被人那样对待,埃里克!"然后她关上了门。

卡特和珍妮特对视了一眼,然后又看着那块面团。"我该怎么办?"卡特说。

珍妮特把她那本书扔到卡特床上,想把那块面团捡起来。但它已经粘在了地毯上,捡不起来。"只能再切个洞才能把它拿起来了,"她说,"卡特,情况变得越来越糟糕了。如果你不介意我那样说的话。我已经不再喜欢你那个外表光鲜的姐姐了,哪怕是一点点!"

"这是我的错,"卡特说,"尤菲米娅那件事我本来不应该撒谎的。所以才惹出了这场乱子,不关她的事。"

"不光是乱子,"珍妮特说,"星期天,你要被一只老虎殴打。星期一,你不会魔法的事情就会败露。即使到那时整件事情还没有暴露出来,到星期三巴斯拉姆先生来拿钱的时候也会瞒不住的。你认为星期二我们的命运会出现转机吗?我想如果你星期天用自己的本来面目去见他的话,他不会过分伤害你的,是吗?这比等着变成青蛙好多了。"

"我最好那样做,"卡特盯着那团可怕的面团说,"但我希望我真的能变成个什么东西。我会变成一只跳蚤。他在找我的时候会把自己撕成碎片。"

珍妮特大笑起来。"让我们看看有没有这样的咒语。"她转身去拿那本《初级魔法》,却被那面镜子撞了头。它正悬在空中,和她的额头齐平。"卡特!我们俩有一个人成功了!看哪!"

卡特看了看,没有过分在意。他脑子里别的事情太多了。"我希望那是你。你和格温多琳一模一样,所以你一定能使咒语生效。不过变东西不在这两本书里。那是高级魔法。"

"那么我用咒语让这面镜子落下来,"珍妮特说,"我不想做一名女巫。我对魔法了解得越多,就越觉得它是个让人讨厌的东西。"

她已经打开了那本书,这时传来了敲门声。珍妮特抓来卡特床边的一把椅子站在上面,这样就可以遮住镜子了。卡特慌忙单腿跪在那块面团上。他俩都不希望再惹什么麻烦了。

珍妮特把那本《初级魔法》折起来,使它们看起来像任何一本书的样子,然后挥舞着它对卡特说:"到公园去,穆德。"

贝瑟默小姐把她的话当成了邀请,推开门走了进来。她抱来了一堆东西,一个手指上还挂了一把有缺口的茶壶。"我承诺给你们的装饰品,亲爱的。"她说。

"噢,"珍妮特说,"哦,太感谢了。我们正准备去进行诗歌朗诵,你知道吗?"

"我确信你们对我说过,"贝瑟默小姐笑着说,"我的名字叫穆德。这些东西可以放床上吗?"

"好的,谢谢。"卡特说。

他们俩都一动也不敢动。他们扭着身子看着贝瑟默小姐把那堆东西放在床上,然后又扭着身子对她千恩万谢。贝瑟默小姐一走,他们就冲过去看是否有什么意外的好运,有没有什么值钱的东西。一件都没有。正如珍妮特所说的,如果他们真想玩过家家,两个凳子和一张旧地毯正合适,不过从出售的观点来看,它们都毫无用处。

"真感谢,她还记得。"卡特在把那堆东西往橱柜里收的时候说。

"除了现在我们不得不记得用它们来玩过家家,"珍妮特愁眉苦脸地说,"好像我们没事可做一样。现在,我要把这面镜子弄下来。我会的!"

但那面镜子拒绝下来。珍妮特试了两本书里的所有三个咒语,它还是挂在和她额头齐平的空中。

"你试试,卡特,"珍妮特说,"我们不能让它留在那里。"

正沮丧地看着那块面团的卡特站了起来。那块面团还是圆圆的,一点也没有他曾经跪过的迹象,这种样子使他惊慌。他明白那一定是个非常强大的魔法。但是在珍妮特叫他的时候,他叹了口气,伸手去把那块镜子拉下来。朱莉娅给他的经验是,一个简单的咒语通常可以非常简单地破掉。

但是那面镜子一英寸都不愿向下移动。而且它在空中滑动起来。卡特觉得很有趣。他用双手把自己挂在镜子上,用脚推着自己,用一种非常有趣的方式在房间里移动。

"看起来很有趣。"珍妮特说。

"是的,"卡特说,"你试试。"

于是他们玩了一会镜子。只要用力推,镜子可以滑得很快,而且可以轻松承受他们两个人的重量。珍妮特发觉最好玩的办法是站在衣柜上跳。然后,只要保持双脚不落地,就能滑过房间落到卡特的床上。他们一起在地毯上呼啸而过,玩得哈哈大笑,不亦乐乎,这时,罗杰敲敲门走了进来。

"我说,这是个好主意!"他说,"我们从来没想到过可以这样玩。我可以玩一次吗?我在村子里碰到了一个奇怪的长着斗鸡眼的人,格温多琳,他托我带了一封信给你。"

卡特跳到地毯上,接过了那封信。信是诺斯托姆先生写来的,卡特认得笔迹。他高兴地对罗杰说:"只要你愿意,玩二十次都行!"他拿着那封信跑到珍妮特身边,"快看看!信上是怎么说的?"

诺斯托姆先生也许能使他们脱离苦海。他也许不是个很高明的巫师,但他肯定有让卡特看起来仿佛会使用魔法的能力。另外尽管诺斯托姆先生不富裕,他的兄弟威廉姆却是有钱人。如果他认为他在帮助格温多琳的话,他会借给卡特二十英镑。

卡特和珍妮特坐在床边看信,罗杰摇摇晃晃地悬在镜子上,在房间里荡来荡去,因为好玩高兴得咯咯笑。诺斯托姆先

生是这样写的:

> 我亲爱的和最喜欢的学生:
>
> 我来了,住在白公鹿旅馆。这件事非常重要——重复,有着极大的重要性——星期六下午你来我这里,带你弟弟来接受我的简要指示。
>
> 你的深情而骄傲的老师,亨利·诺斯托姆

看到这里,珍妮特一脸的紧张和困惑,轻轻呻吟起来。

"我希望不是坏消息。"罗杰说,他盘着腿从他们身后掠过。

"不,这是我能得到的最好的消息。"卡特说。他捣捣珍妮特的肋部让她微笑。她忠诚地微笑,但他不能让她明白这是个好消息,即使在他找到机会向她解释之后。

"要是他教过格温多琳,他就会知道我不是她,"她说,"如果他不知道的话,他就不能理解你为什么希望变成一只跳蚤。这是一个奇怪的请求,即使在这个世界。另外他一定想知道为什么我不能为你做这件事。我们不能告诉他真相吧?"

"不能,因为他喜欢的是格温多琳。"卡特解释说。他有理

由认为诺斯托姆先生对于格温多琳出发去另一个世界的消息差不多和克里斯托曼奇一样会感到不快。"而且他为格温多琳准备了某种计划。"

"是的,简要指示,"珍妮特暴躁地说,"他显然认为我全知道。如果你问我的话,卡特,这只是另一件该死的事情。"

怎么都不能让珍妮特相信救星就在眼前。但卡特很有信心。他睡得很安稳,醒来的时候也很开心。甚至在踩上那块在他脚下又冰又像青蛙的面团的时候,他仍然觉得很高兴。他用《初级魔法》把它盖了起来。然后他不得不把注意力转移到镜子上。它一直在往屋子中间飘。卡特不得不把它用星期天得到的鞋带拴在书柜上。

他发现珍妮特比任何时候都不开心。朱莉娅最新的主意是一只蚊子。它在早饭时就盯上了珍妮特,一直嗡嗡地跟着她,叮她,一直到上课的时候卡特用算术课本把它拍死。除此之外,朱莉娅和玛丽不怀好意的表情,还有不得不去见诺斯托姆先生的事,都让珍妮特感到既愤怒又难过。

"这对你没什么,"在他们那天下午沿着林荫路去村里的时候,她忧心忡忡地说,"你是伴着所有这些魔法长大的,你习惯了。但我没有。我害怕这是永远的,但更害怕这不是永远的。假如格温多琳厌倦了她的新世界,打算再次离开怎么办?一旦发生那样的事情,我们全都会被拖走,我又要被迫适应她的世界,而你也要和一个新人把所有的烦恼都再经历一遍。"

"哦,我相信那是不会发生的,"卡特说,但他对那种可能性吃了一惊,"她肯定会很快回来的。"

"哦,是吗?"珍妮特说。他们走出城堡大门,又一次,母亲们拽着小孩离开他们的视线,当他们来到村落广场时,广场上空无一人。"我希望回家!"珍妮特哀叹,一路上碰到的每个人都逃开了,她差点哭出来。

第十三章

他们被领进白公鹿旅馆的私人客厅,亨利·诺斯托姆先生大模大样地走出来迎接他们。

"亲爱的年轻朋友们!"他把双手放在珍妮特肩头亲吻她。珍妮特开始后退,把帽子歪到了一边。卡特有点吃惊。他已经忘记了诺斯托姆先生蹩脚的穿着和鬼鬼祟祟的神情了,还有那只总是看往一边的左眼的那种奇怪的效果。"坐,坐!"诺斯托姆先生亲热地说,"喝点姜汁啤酒。"

他们坐下去,喝着姜汁啤酒,他俩没有一个喜欢那种味道。"你让我和格温多琳过来,有什么事吗?"卡特问。

"因为——"诺斯托姆先生说,"让我们直奔主题,不绕圈子了——我们发现,正如我们非常担心的那样,我们无法利用那三个你们好心捐赠给我充当学费的签名。那个居住在远处城堡里的人,他的名字我不屑于提起,他的签名有着牢不可破的保护。你们可以把它称为谨慎。所以我们恐怕不得不启用二号计划。亲爱的卡特,那就是我们如此乐于安排你住进城堡的原因。"

"二号计划是什么?"珍妮特说。

诺斯托姆先生的那只古怪的眼睛滑过珍妮特的眼睛溜到了一边。他似乎没有意识到她不是格温多琳。也许他那只飘忽不定的眼睛看不清楚。"二号计划正像我对你描述的那样,我亲爱的格温多琳,"他说,"我们一点都没有改变。"

珍妮特不得不换另一个方法来弄明白他在说什么。她变得越来越擅长这样做了。"但是,我希望你对卡特描述一下,"她说,"他不知道这件事,而且他大概需要,因为——因为非常不幸的是,他们夺走了我的魔法能力。"

诺斯托姆先生对她摇了摇一根手指。"是的,淘气姑娘。我一直在村子里听见关于你的事。失去魔法能力让人伤心,但让我们希望这只是暂时性的。现在——说到向小钱特解释——我该从哪里说起呢?"他思索着,习惯性地用手抹了抹乱糟糟的头发。不知道怎么回事,诺斯托姆先生的动作让卡特觉得无论他打算告诉他什么,都不是完全的事实。这种迹象显示在他双手的动作上,也闪烁在挂在他那件破旧、鼓鼓囊囊的马甲上的银表链上。

"啊,小钱特,"诺斯托姆先生说,"让我们简单点说吧。有一个组织,一个小圈子,一伙人在那座城堡的主人的带领下,他们在魔法方面表现得非常自私。他们把持着所有最好的东西,那当然使他们变得非常危险——对所有的女巫都是一种威胁,而且对普通人也是一种潜在的灾难。比如说,使用龙血。你知道那是被禁止的。这些人,和带领他们的那个人,禁止了龙血,然而——记好这个,小钱特——他们自己却天天使用。另外——这是我的看法——他们牢牢控制着通往龙血源头的那些世界的通道。一个像我这样的普通巫师只能冒着极大的风险,用非常昂贵的价格才能得到。而且来自别的世界的其他物品都是一样的情况。

"现在,我问你,小钱特,这公平吗?不。我会告诉你为什么不公平,小埃里克。通往其他世界的途径被控制在少数人手里是不公平的。我们希望这些通道开放,让每个人都可以自由来往。那就是需要你的地方,小钱特。最好和最简单的方法,通往其他世界的最宽广的大门,如果我可以这样描述的话,它是我们所说的这个城堡区域里的某个封闭的花园。我希望你曾经被禁止进入过——"

"对,"卡特说,"我们曾经去过。"

"想想有多不公平!"诺斯托姆先生说,"那个地方的主人天天使用它,去他愿意去的任何地方。所以我希望你做的是,小钱特,这也是二号计划的内容,在星期天下午两点三十分准时进入那座花园。你能向我承诺去那样做吗?"

"那样做有什么用?"卡特问。

"可以破除这些卑鄙的人设在通往其他地方的大门上的魔法封印。"诺斯托姆先生说。

"我一直不能完全理解,"珍妮特说,她非常令人信服地皱着眉头,"为什么卡特只要进入那座花园就可以破除封印。"

诺斯托姆先生显得有点恼火。"当然,那是因为他是个平凡而天真无邪的小伙子。我亲爱的格温多琳,我已经一再向你强调过,拥有一个天真无邪的小伙子对二号计划的重要性。你必须明白。"

"哦,我懂,我懂,"珍妮特连忙说,"另外一定要在星期天下午两点三十分吗?"

"的确,"诺斯托姆说,他再次微笑起来,"那是个很好很强大的时间。你会为我们那样做吗,小钱特?你愿意通过这个简单的行动,解放你姐姐和像她一样的人——使他们能够自由地练习魔法吗?"

"如果我被抓到会惹麻烦的。"卡特说。

"一点孩子气的狡猾就能让你摆脱。所以,千万别怕。以后我们会帮助你的。"诺斯托姆先生劝说道。

"我想我可以试试,"卡特说,"不过,你能帮我一点小忙作为回报吗?你认为你弟弟会大发慈悲在下周三前借给我二十英镑吗?"

诺斯托姆先生的左眼露出一种暧昧然而和蔼的神色。他慷慨地指向客厅最远的角落。"需要什么就说,亲爱的孩子。只要进入那座花园,全世界所有的果实都任你采摘。"

"半个小时后我需要变成一只跳蚤,我还需要在星期一让别人认为我会魔法。"

"任何要求,任何要求!只要为我们进入那座花园。"诺斯托姆慷慨地说。

说到这里,似乎卡特和珍妮特可以满意了。卡特又做了些努力让诺斯托姆先生作出明确的承诺,但他只是说:"只要为我们进那座花园。"珍妮特看看卡特,他们起身准备离开。

"让我们再随便聊聊,"诺斯托姆先生提议道,"我至少还有两件事要告诉你们。"

"我们没时间,"珍妮特坚定地撒谎说,"赶快,卡特。"

诺斯托姆先生对格温多琳同样的强硬已经习惯了。他站起身,像送别皇室成员一样领他们走向旅馆大门,然后挥着手看着他们出门走向广场。

"我星期天去看你们。"他在后面喊道。

"不,你别来!"珍妮特小声说。她低着头,这样格温多琳宽大的帽子可以遮住她不让诺斯托姆先生看到。她低声对卡特说:"卡特,如果你为那个让人难以相信的、不老实的家伙干一件他让你干的事,你就是个傻子!我知道他对你撒了一大堆谎。我不知道他的真实目的,但请你不要干那件事。"

"我知道——"卡特刚开口,这时巴斯拉姆先生从白公鹿旅馆外面的一张凳子上站起来,摇摇晃晃地从他们后面走了过来。

"等等!"他气喘吁吁地说,卷过来一股啤酒味儿,"小姐,先生,我希望你们把我说的话记在心里。星期三。别忘了星期三。"

"别怕。我做梦都想着呢,"珍妮特说,"拜托,我们很忙,巴斯特先生①。"

---

① 这里珍妮特有意说错了巴斯拉姆的名字。

他们快步穿过广场离开。目光所及唯一的活人是威尔·萨根斯,他从面包店的院子里走出来,用充满威胁的目光盯着他们。

"我觉得我必须去做那件事。"

"别干,"珍妮特说,"虽然我必须说我也不知道我们还能干点别的什么。"

"大概唯一剩下来的办法就是逃跑了。"卡特说。

"那就让我们逃跑吧——马上。"珍妮特说。

他们其实没有跑。他们蹦蹦跳跳地出了村子,走上了一条卡特认为离伍尔夫科特方向最近的路。当珍妮特反对,说伍尔夫科特是城堡里任何人都能想到的第一个要找的方向时,卡特解释夏普夫人在伦敦有大量的熟人。他知道夏普夫人愿意把他们偷偷送到某个地方,而且什么都不会问。提起夏普夫人,卡特觉得非常想家。他太想念她了。他艰难地在乡村小路上跋涉着,在心底里希望这就是巫女街,还希望珍妮特没有走在他身边反对他。

"好吧,你也许是对的,"珍妮特说,"而且我也不知道我们还可以去别的什么地方。我们怎么到伍尔夫科特?搭便车?"发现卡特不明白,她就解释说搭便车是通过摇晃大拇指要求搭车的意思。

"那样能少走很多路。"卡特同意了。

但他们选的那条路很快转到了一条非常偏僻的小路上，路上有车辙，长着杂草，路两边是高高的挂着红色浆果的篱笆。但是没有任何车辆。

珍妮特没有指出这一点。"要记着一件事，"她说，"如果我们打算正确地出走，你要保证不碰巧提起**你认识谁**。"发现卡特也没听明白之后，她解释道："那个诺斯托姆先生一直在说'那个人'和'那座城堡的主人'——你明白的！"

"噢，"卡特说，"你指的是克里斯托——"

"闭嘴！"珍妮特大叫一声，"我的确说的是他，你一定不能说他的名字。他是一名大巫师，他会在你叫他的时候出现，傻瓜！只要想想诺斯托姆先生吓得不敢说他的名字就知道了。"

卡特考虑了一下。他那样沮丧和想家，一点也不想赞成珍妮特说的任何话。毕竟，她不是他真正的姐姐。

另外，诺斯托姆先生一向不说实话。而且格温多琳也从来没有说过克里斯托曼奇是大巫师。如果她知道他是大巫师的话，她肯定不敢用她用过的那些魔法。"我不信你说的话。"他说。

"好吧,那就别信,"珍妮特说,"只是别说他的名字。"

"我无所谓,"卡特说,"总之我希望再也不用见他了。"

那条小路越走越荒凉。那是一个晴朗温暖的下午。两侧的树篱上挂着坚果,还长着一丛丛黑莓。在他们走完另一个半英里之前,卡特发现他的感觉完全变了。他自由了。他的烦恼都被抛到了后面。他和珍妮特采着坚果,那些坚果正好成熟到可以吃的程度。他们一边嘎巴嘎巴地咬着坚果,一边纵情欢笑。珍妮特摘下了帽子——正像她一再对卡特说的那样。她讨厌帽子——他们在帽兜里装满了黑莓,留着以后吃。黑莓的果汁从帽子里渗出来,滴到珍妮特的裙子上,他们笑得更开心了。

"我认为逃跑很有趣。"卡特说。

"等我们在一个有鼠患的谷仓里过夜的时候再说吧,"珍妮特说,"跑来跑去,吱吱叫。这个世界有食尸鬼和哥布林吗?噢,看哪!有辆车过来了!竖大拇指——不,招手。他们大概不懂竖大拇指的意思。"

他们疯狂地向那辆嗡嗡响并在车辙上跳动着朝他们开过来的宽大的黑色轿车招手。让他们喜出望外的是,那辆车叹息着在他们身边停了下来。离他们最近的窗户摇低了。他们在朱莉娅从车窗里探出头来的时候真的吃了一惊。

朱莉娅脸色苍白,神色不安。"噢,请回来吧!"她说,"我知道你们是因为我离家出走的,对不起!我发誓再也不那样做了。"

罗杰也从后窗探出头。"我一直告诉你他们会走,"他说,"但你不相信。快回来吧,拜托。"

这时,司机门也打开了。米莉急匆匆地绕过发动机罩走过来。她显得比平常还不好看,因为她为了开车把裙子挽了起来,穿着一双结实的鞋,戴了一顶旧帽子。她像朱莉娅一样显得很焦虑。当她走到珍妮特和卡特身边时,她张开双臂搂住了他们,她拥抱得那样用力和如释重负,卡特差点站不稳身子。

"可怜的孩子!下次你们不愉快的话,一定要马上来告诉我。这算什么事呀!我真担心你们碰到真正的麻烦,后来朱莉娅对我说是因为她。我对她太生气了。一个女孩从前对我干过这样的事,我知道那让我多痛苦。啊,快回来吧,城堡里还有一个惊喜在等着你们呢。"

卡特和珍妮特只好爬上汽车后座,被带回了城堡。他们俩很难过。卡特从米莉发动好车子,沿着小路颠簸着到一个路口掉头的那一刻就开始恶心。珍妮特又湿又软的帽子里散发出的黑莓味使他感觉更糟糕了。

米莉、罗杰和朱莉娅对于找到他们都感到很宽慰。他们高高兴兴地唠叨了一路。尽管卡特不舒服,但他有一个感觉,虽然他们没有说,但他们特别高兴的原因是赶在克里斯托曼奇回来听到他们失踪之前找到了他们。这对卡特和珍妮特而言很难说是一种安慰。

五分钟后,汽车呼啸着冲上了林荫路,在城堡的主门前停了下来。那个男管家为他们开了门,而且,卡特伤心地想,正如格温多琳期待的那样。那个男管家郑重地接过珍妮特的帽子。"我会把这些交给厨子。"他说。

米莉告诉珍妮特说她的长裙正合要求,催他们去一个被叫做小客厅的地方。"当然,那意味着它只有二十英尺见方,"她说,"进去吧,点心一会儿就到。"

他们进了客厅。在那间宽敞的四方形屋子里,一个身上穿着带珠饰的黑裙子,瘦小枯干的老太太正紧张地坐在一张镀金椅子的边上。门一开,她惊得跳了起来。

卡特马上忘记了恶心。"夏普夫人!"他一边叫一边冲过去拥抱她。

夏普夫人喜出望外,尽管她很紧张。"我的卡特,你终于来了。来,往后靠靠,让我好好看看你,还有你,格温多琳,亲爱的。哎呀,你穿着这么漂亮的衣服去外面玩呀。你胖了点,卡特。还有格温多琳,你变瘦了。我能理解,亲爱的,相信我!你们不能只看着他们为我们仨上的茶吧!"

茶的味道非常好,甚至比那天在草坪上喝的还好。夏普夫人以她熟悉的贪婪劲儿,安安稳稳地坐下来尽可能地多吃,而且话更多了。"是的,我们是昨天坐火车来的,诺斯托姆先生和我。卡特,收到你的明信片后,我简直一分钟也等不及地想来看看你们,看看我照顾过的这两个孩子过得怎样,我觉得自己需要这么做。我来到这里后,他们待我也像招待皇亲国戚一样。我没法挑剔他们。但我希望知道这个城堡的一件事。告诉我,格温多琳,亲爱的,它对你也像对我一样吗?"

"它怎么着你了?"珍妮特小心地问。

"我紧张得厉害,"夏普夫人说,"我感到像小猫一样虚弱和容易受惊——我想到一件事,卡特,我等会告诉你。这里太安静了。我一直在想在你们来这儿之前这里是什么样子——你们已经来了很长时间,亲爱的——最后我得到了一个结论。

这是一种魔法,没错,一种强大得可怕的魔法,防备我们女巫用的。我得说,这个城堡不喜欢女巫,就是那么回事!我是替你着想,格温多琳。让他们把你送到别的学校吧。你会快乐一些。"

她继续喋喋不休下去。她因为见到他们俩高兴,而且她一直用特别骄傲和充满感情的表情看着卡特。卡特认为她相信她是把他从婴儿开始一直带大的,毕竟,她从他降生后就认识他。

"跟我说说巫女街的事吧。"他怀念地说。

"我正要跟你说,"夏普夫人说,"你记得拉金斯小姐吧?那个常常给人算命的红头发坏脾气女孩?我从来没觉得她好过。但有人觉得她好。邦德大街一个沙龙里有个感激她的客户把她捧起来了。巫女街容不下她了。总会有些人走运!但我自己也碰上了一点好运气。我在信里告诉你了吗?——没告诉你,卡特?——关于你用卡特的小提琴变成的那只老猫,格温多琳,有人给我五英镑买走了它。当我们等着抓那只老猫的时候——你们知道等它的时候它总是不来——那个光顾我的小个子男人,一直在对我说股票和证券投资之类的事。都是我不理解的东西。他告诉我应该怎么使用他给我的五英镑,说得我满脑子都是这回事。好吧,我没有多想,但是觉得我应该试试。后来我照他说的做了,你猜怎么着,那五英镑赚来了一百英镑!他让我赚了一百英镑!"

"他肯定是个金融魔法师。"珍妮特说。

她本来是想说个笑话让自己振奋一下。她有好几个理由需要振奋起来。但夏普夫人当真了。"他是的,天哪!你总是那么聪明。我想他是的,因为我告诉了诺斯托姆先生,他也一模一样地做了,用他自己的五英镑——也可能更多——但他全赔进去了。还有另一件事——"

卡特注视着滔滔不绝的夏普夫人。他感到既茫然又伤心。他仍然喜欢夏普夫人。但他知道无论因为什么原因逃到夏普夫人那里都是没有用处的。她是一个软弱、不诚实的人。她不会帮他们,她会把他们送回城堡,然后设法以此从克里斯托曼奇那里得到报酬。那时候她吹嘘过的伦敦的熟人也只是吹嘘。卡特为自己内心的变化——和原因——感到惊讶,这变化足以使他明了这一切。但他的确知道,正像眼前坐在镀金椅子上,转身对他信誓旦旦的夏普夫人本人一样真切,而这种情景让他心烦。

当夏普夫人吃饱喝足后,她似乎变得非常紧张。也许这座城堡影响了她的情绪。最后,她站起身慌张地小步跑向远处的窗户,不小心拿上了她的茶杯。

"来给我讲讲这里的景色,"她叫道,"这里这么雄伟,我不明白。"

卡特和珍妮特热情地向她跑过去。于是夏普夫人吃惊地发现她手里拿着一只空茶杯。"噢,看这,"她神经质地摇着手说,"我要是不小心就把它带走了。"

"你最好不要,"卡特说,"它肯定是被施过魔法的。这里任何东西只要被带到外面,都会喊叫它们来自哪里。"

"真的吗?"夏普夫人紧张不安地把那只杯子递给珍妮特。然后,她又非常内疚地从手袋里拿出两套银汤匙和方糖钳。"你瞧,亲爱的。你能帮我把它们放回到桌子上吗?"在珍妮特拿着东西走开后,她刚离开听力范围,夏普夫人立刻弯下腰小声说:"你和诺斯托姆先生谈过吗,卡特?"卡特点点头。

夏普夫人立刻变得紧张起来,以一种真实得多的方式。"别照他说的做,亲爱的,"她小声说,"无论如何不要做。听见了吗?那是一件邪恶的,很糟糕很糟糕的事,你绝对不能去干!"然后,当珍妮特慢慢走回来的时候——很慢,因为她看得出夏普夫人在和卡特说悄悄话——夏普夫人不自然地大声赞叹:"哦,那些伟大而古老的橡树啊!它们一定比我的年纪还大!"

"它们是雪松。"卡特没话找话地说。

"啊,茶和点心都很好,我亲爱的,见到你们很愉快,"夏普夫人说,"还有,很高兴你们警告了我那些汤匙的事。对财产施魔法,我一直认为那是一种卑鄙、邪恶的把戏。我必须要走了,诺斯托姆先生正在等我。"于是夏普夫人走了,穿过城堡的大厅,飞快地沿着林荫道离开了。显然她很乐意离开。

"看得出这座城堡确实让她很心烦,"珍妮特看着夏普夫人一路小跑的黑色身影,"这样安静。我明白她的意思。但我认为这种安静令人愉快——如果不是另外的一切都那么悲惨的话。卡特,我觉得我们逃跑去找她恐怕没什么好处。"

"我知道。"卡特说。

"我想你也该知道。"珍妮特说。

她还想再说点什么,但被罗杰和朱莉娅打断了。朱莉娅是那么后悔,而且非常努力地要跟他们和好,所以不管是珍妮特还是卡特都不忍心睡觉不理他们。所以他们开始玩手镜游戏。罗杰拿了那面系在卡特书架上的镜子,还拿来了自己的、朱莉娅的和格温多琳的镜子。朱莉娅在手绢上牢牢打了个结,让他们四个人都飘浮在娱乐室上空。他们围着娱乐室嗖嗖地飞,在外面的走廊里飘上飘下,玩得很开心,一直玩到吃晚饭的时候。那天的晚饭是在娱乐室吃的。楼下有客人赴晚宴。罗杰和朱莉娅都知道,但他们没有向卡特和珍妮特提起,以防格温多琳再一次设法搞破坏。

"万圣节前一个月,他们总会招待很多人。"他们吃完厨师特地用珍妮特帽子里的黑莓做的馅饼之后,朱莉娅说:"我们是玩士兵游戏,还是接着玩镜子飞翔?"

珍妮特发出了有急事要说的信号,所以卡特只好拒绝。"太抱歉了,我们要谈谈夏普夫人告诉我们的一些事。别再说格温多琳支配我了,根本不是那回事。"

"我们原谅你,"罗杰说,"我们也许会原谅格温多琳,如果一切顺利的话。"

"等我们说完了,我们再回来。"珍妮特说。

他们匆匆回到她的房间,珍妮特反锁了门,以防尤菲米娅再次闯进来。

"夏普夫人说我无论如何不能做诺斯托姆先生说的事,"卡特告诉她,"我想她是特意来告诉我的。"

"是的,她喜欢你,"珍妮特说,"噢——噢——讨厌!"她低着头,背着手在房间里走来走去。她看起来那么像桑德斯先生讲课的时候,卡特不由得哈哈大笑。"烦人,"珍妮特说,"烦人,烦人,烦人烦人烦人烦人!"她继续在房间里走来走去。"夏普夫人是个非常不诚实的人,几乎和诺斯托姆先生一样坏,也许比贝斯托先生[①]更坏一点,所以如果她认为你不该干,那一定很糟糕。你在笑什么?"

"你总是把巴斯拉姆先生的名字说错。"卡特说。

"他不值得让人把他的名字说对,"珍妮特说,"噢,讨厌的夏普夫人!在我明白她不能提供任何形式的帮助之后,我是这样绝望,因为我找到了理想的出路,但又被她阻止了。你看,如果那个花园是通往其他世界的途径,你和我就能回到我的世界,你就能和我一起在那里生活。难道你不认为那是个好主意吗?那样你就能摆脱危险的克里斯托曼奇和巴斯拉姆先生,我保证威尔·萨根斯也不能在那里把你变成一只青蛙,对吗?"

"对,"卡特怀疑地说,"但我不认为诺斯托姆先生说的是事实。他的那些话可能都是假的。"

---

① 珍妮特说错了巴斯拉姆先生的名字。

"我又不是不知道!"珍妮特说,"特别是在见了夏普夫人以后。妈妈和爸爸也是另一个难题——尽管我相信他们在了解来龙去脉后会喜欢你。事实上,他们现在肯定被我亲爱的替身搞得非常糊涂。而且我确实有一个弟弟,他在出生后就死了,所以也许他们以为你是他亲爱的替身。"

"真有意思!"卡特说,"我出生后也差点死掉。"

"那么你肯定是他,"珍妮特背着手走完了最后一段路,"他们会很高兴——我希望。更妙的是格温多琳会被拖回这里面对——而且给她好看!这全是她的错。"

"不,不对。"卡特说。

"是的,没错!"珍妮特说,"她在被禁止使用魔法的时候使用魔法,还给布拉斯托夫①先生没用的耳环来交换她无论如何不该拥有的东西,还把我拖到了这里,最后把尤菲米娅变成了青蛙,害你面对着一个比我还要糟糕的局面。你能暂时别那么忠诚,注意一下吗?"

"我不容易发火。"卡特叹了口气,说。他想念格温多琳甚至超过了想念夏普夫人。

---

① 珍妮特说错了巴斯拉姆先生的名字。

珍妮特也叹了口气,但带着怒气。她重重地坐在梳妆台前,凝视着自己气呼呼的脸。她把鼻子往上推,两只眼睛瞪成斗鸡眼。她只要一闲下来就喜欢这样做。这样做稍稍舒解了她对格温多琳的气愤。

卡特沉思着。"我想这是个好主意,"他落寞地说,"我们最好去那座花园。但我认为去另一个世界需要某种魔法。"

"这样就把我们难住了,"珍妮特说,"我们无论如何也做不到。但他们剥夺了格温多琳的魔法,她却做到了。至于她怎么做到的,我一直感到很迷惑。"

"我想她用了龙血,"卡特说,"她还有龙血。桑德斯先生的工作室里有整整一大瓶龙血。"

"为什么你没说?"珍妮特大叫一声,跳上了凳子。

她也许真是格温多琳,看着她狂暴的脸,卡特感到自己从来没有这样想念过格温多琳。他对珍妮特很不满。她差不多每天都在命令他,然后又试图说明一切都是格温多琳的错。他固执地耸耸肩,非常不合作地说:"你没问。"

"你能弄一些吗?"

"也许能。不过,"卡特补充说,"我不想去另一个世界,说真的。"

珍妮特无声地做了一个深呼吸,决定不要告诉他让他留在这里然后变成一只青蛙。她对着镜子做了一个非常特别的鬼脸,然后默默数到十。"卡特,"她小心地说,"我们在这里真是乱七八糟,我根本看不到任何出路。你能吗?"

"不能,"卡特不情愿地承认,"我说过我会去的。"

"而且谢谢你,亲爱的珍妮特,为了你善意的邀请,我注意到了。"卡特说。让她释然的是,卡特咧着嘴笑了。"但我们去的时候一定得非常小心,"她说,"因为我疑心就算克里斯托曼奇不知道我们在干什么,米莉会知道的。"

"米莉?"卡特说。

"米莉,"珍妮特说,"我认为她是个女巫。"她探着头,用那把金背梳子梳着头发,"我知道你认为我感性,疑心重,觉得到处都是魔法。但我非常肯定,卡特。一个亲切的、善良的女巫,如果你喜欢这样说的话。但她肯定是。不然那天下午她怎么知道我们逃走呢?"

"因为夏普夫人来了,他们要找我们。"卡特不解地说。

"但我们只走了一个小时左右,而且我们很可能只是去采黑莓。我们甚至没有带过夜的衣服,"珍妮特解释说,"现在你明白了吗?"

尽管卡特的确认为珍妮特对魔法有一种强迫症,并且他仍然感到生气和不愿合作,但他不能不承认她的话确实有道理。"一个非常友善的女巫,"他让步了,"我不介意。"

"不过,卡特,你确实明白她掩饰得有多么好了吗?"珍妮特说,"你明白了吗?你知道吗,你应该被叫做骡子,不是猫。如果你不愿意了解一件事的话,你就是不了解。你究竟是怎么让人叫你猫的?"

"那只是格温多琳开的一个玩笑,"卡特说,"她总是说我有九条命。"

"格温多琳开玩笑?"珍妮特难以置信地问。她停下来,以一种被电击一样的表情,僵硬地从镜子前转过头来。

"不是经常有。"

"老天!我知道了!"珍妮特说,"在这个地方,一个每件东西都被施过魔法的地方,那简直是一定的!天哪,太可怕了!"她把镜子推上去让它朝着天花板,然后跳离凳子跑向衣橱。她拖出格温多琳的衣箱,狂乱地在里面翻找着。"哦,我真希望我错了!但我几乎肯定那是九根。"

"九根什么?"

珍妮特翻出了那捆寄给卡洛琳·钱特的信。那盒红色的火柴正别在上面。珍妮特小心翼翼地抽出那盒火柴,然后把信重新放回衣箱。"九根火柴,"她打开了那盒火柴,说道,"它们也是这样!噢,老天,卡特!已经烧掉了五根。看。"

她举着那盒火柴给卡特看。他看到里面确实有九根火柴。前两根火柴的头部是黑色的。第三根一直到火柴梗都碳化了。第四根变成了黑头。但第五根燃烧得如此猛烈,把下面的砂纸都烧了个洞。整个火柴盒没有被烧掉真是个奇迹——或者至少剩下的四根火柴没有烧掉,它们还像新的一样。它们的头部还是新鲜的红色,下面的油纸有点发黄,再下面的纸板还是鲜亮的白色。

"看上去不像什么魔法。"卡特说。

"我知道,"珍妮特说,"这是你的九条命,卡特。你怎么能丢掉了那么多?"

卡特实在无法相信她。总之他感到既阴郁又抗拒,因为这太过分了。"这不可能。"他说。即使他有九条命,他知道自己只可能失去了三条,而且这三条里还算上了格温多琳让他抽筋的那一次。另外的两次是他出生时和在明轮船上。不过,当他回想的时候,卡特发觉自己想到了加入格温多琳阴森可怕队伍的四个从燃烧的碗里出现的幽灵。一个是婴儿,一个身上湿淋淋的。那个瘸了腿的好像在抽筋。但是为什么它们有四个呢,当第五根火柴被点燃的时候?

卡特开始颤抖起来,这让他更加下定决心向珍妮特证明她错了。

"难道你没有可能在毫无知觉的情况下死过一两次?"珍妮特问。

"当然没有,"卡特伸手拿过那盒火柴,"看着,我来证明给你看。"他抽出第六根火柴,朝砂纸上擦去。珍妮特跳起来,尖叫着阻止他。那根火柴刺啦一声燃烧起来。

于是,几乎同时,卡特也开始燃烧起来。

第十四章

　　卡特尖叫起来。火焰一瞬间笼罩了他的全身。他尖叫着,用燃烧的双手扑打着自己。那些火焰是透明的苍白色,微微发着光。它们从他的衣服里,鞋子里,头发里冒出来,罩住了他的脸,于是,一眨眼工夫,他从头到脚都被苍白的火焰盖了起来。他跌倒在地板上,尖叫着在地上打滚,身上火焰熊熊。

　　珍妮特忙而不乱。她拖起最近一个墙角的地毯朝卡特身上盖过去。她听到了火苗被压抑的声音。但火焰并没有熄灭。珍妮特惊恐地看见那些苍白的、鬼魂一样的火焰从地毯上冒了出来。但地毯没有着起来,而且当珍妮特疯狂地用地毯把卡特卷起来时也没有灼伤她的手。不管她往卡特身上裹了多少层地毯,那些火苗仍然能够冒出来,卡特继续燃烧和尖叫着。他的头半露在卷起来的地毯外面,那卷地毯也冒着火苗。她隔着火焰看到了他尖叫的脸。

珍妮特做了她唯一能想到的一件事。她跳起来大叫:"克里斯托曼奇,克里斯托曼奇!赶快过来!"

就在她仍然尖叫的时候,房门猛然打开了。珍妮特忘记房门还锁着,但门锁没有对克里斯托曼奇造成任何困扰。她也忘了还有客人在吃晚饭。她只记得克里斯托曼奇身上的饰带呼啦啦地响,他的蓝色天鹅绒礼服上像猫眼石一样闪烁着蓝色、深红色、黄色和绿色的光。他看了一眼地板上燃烧的地毯卷儿,说:"老天!"然后他跪到地上,在珍妮特疯狂地往卡特身上盖地毯的同时把地毯往外拉。

"我太抱歉了。我以为这样有用的。"珍妮特结结巴巴地说。

"应该是有用的,"克里斯托曼奇说,他把卡特翻个身,把满身火焰的他抱了起来,"他是怎么做的?"

"他擦着了一根火柴。我告诉他——"

"你这个傻孩子!"克里斯托曼奇的声音这样恼怒,珍妮特的眼泪不由得夺眶而出。他终于把像稻草人一样燃烧着的卡特拖了出来。卡特已经不是在尖叫,而是发出一种长而尖细的声音,让珍妮特不得不捂住了自己的耳朵。克里斯托曼奇扑向火焰中心,找到了那盒被卡特牢牢抓在右手里的火柴。"感谢上帝，里面不是最后一根，"他说，"去把你的淋浴打开，快！"

珍妮特一边抽噎着答应，一边朝浴室跑去。

她摸到水龙头，把冷水开到最大，水刚流进蓝色的下沉式浴盆，克里斯托曼奇就抱着卡特像一团火球一样冲了进来。他把卡特放进浴盆里，用手扶着他，翻动他的身体把他浸湿。

卡特身上冒着蒸汽，发出嘶嘶的声音。喷头上喷出来的水像映着阳光一样闪着光，像太阳一样是金色的。那道水雾就像一束光。随着浴盆里的水渐渐放满，卡特就像在一盆阳光里翻滚一样。水里泛着金色的泡泡，房间里充满了蒸汽。一股股蒸汽从浴盆里飘上来，散发出一种浓郁的香味。就像珍妮特那天早上第一次发现自己出现在这里时闻到的味道。从雾气里看过去，卡特似乎在金色的水池里变成了黑色。但那水仍然是湿的，克里斯托曼奇身上被浸透了。"你还不明白吗？"克里斯托曼奇一边把卡特的头抬到水雾里，一边对珍妮特说，"在城堡有时间处理他之前，你不该这样告诉他。他还没有做好理解的准备。你对他造成了最可怕的震惊。"

"我真是万分抱歉。"珍妮特大哭着说。

"我们只能尽力而为，"克里斯托曼奇说，"我会试着向他解释。你去走廊尽头的通话筒那里，让他们给我送点白兰地和一壶浓茶来。"

在珍妮特跑开后,卡特感到身上湿漉漉的,还有水正嘶嘶地往头上喷。他想翻个身,有人把他按在了水里。一个声音急切地问:"卡特,卡特,你能听到我说话吗?你听明白没有?卡特,你现在只剩下三条命了。"

卡特熟悉那个声音。"上次你通过拉金斯小姐告诉我有五条。"他喃喃地说。

"对,但你现在只有三条了。你以后必须更谨慎一些。"克里斯托曼奇说。

卡特睁开眼看着他。克里斯托曼奇身上湿得吓人,平时非常光滑的黑头发现在打着卷儿贴在额头上,发梢上还缀着水珠。"噢,那是你吗?"他说。

"是的。你花了很长时间才认出我,不是吗?"克里斯托曼奇说,"不过那时候我也不是用直接的方式了解你的。我想你现在可以从水里出来了。"

卡特太虚弱了,靠自己不能从浴缸里爬出来。但是克里斯托曼奇把他抱了出来,脱掉他的湿衣服,帮他擦干身子,然后立刻用一条浴巾把他裹了起来。卡特一直蜷着腿。克里斯托曼奇抱着他,把他放到蓝天鹅绒床上,用被子把他盖起来。

"现在好点了吗,卡特?"

卡特躺在床上,浑身无力,但感觉很舒服。他点点头。"谢谢。你以前从来没叫过我卡特。"

"也许我应该这样叫你。那样你也许就明白了,"克里斯托曼奇坐在床边,表情非常严肃,"你现在确实明白了吗?"

"那盒火柴是我的九条命,"卡特说,"而且我刚刚点燃了一根。我知道这很愚蠢,但我不相信。我怎么会有九条命呢?"

"你有三条,"克里斯托曼奇说,"把它记在脑子里。你的确曾经有过九条命。被人用一些方法放到了这盒火柴里,我准备把这盒火柴放到我的秘密保险箱里,用我知道的最强大的魔法封印起来。但那只能阻止别人利用它们,你自己送命的话就没办法了。"

珍妮特急匆匆地跑了进来,脸上还挂着泪花,但很为自己能帮上忙而欣慰。"就来了。"她说。

"谢谢你。"克里斯托曼奇说,意味深长地看了珍妮特一眼。珍妮特相信他准备指责她不是格温多琳了,但他说的却是:"为了避免更多的意外,你不妨也听一下。"

"我可以先给你拿条浴巾吗?"珍妮特担心地说,"你身上太湿了。"

"我已经干透了,谢谢你,"他微笑着对她说,"现在听着吧。有九条命的人非常重要,非常罕见。他们常常发生在某种情况下,他们在任何其他的世界里都没有对应的人。那些生命就从一系列世界里集中在一个人身上,另外那八个人的全部天赋大概也一样。"

卡特说:"但是我没有任何天赋。"珍妮特也同时问:"这样的人有多罕见?"

"极端罕见,"克里斯托曼奇说,"除了卡特之外,这个世界上我知道的唯一一个拥有九条命的人是我自己。"

"真的吗?"卡特觉得既高兴又有趣,"九条命?"

"我确实有九条命。现在我只有两条了。我比卡特还不小心。"克里斯托曼奇说。他似乎有点难为情。"现在我不得不把两条命分开放在我能想到的最安全的地方照看着。我建议卡特也这样做。"

珍妮特的脑子很快转了过来。"是不是一条命在这里,另一条命正在楼下吃晚饭?"

克里斯托曼奇大笑起来。"不是这样的。我——"

珍妮特很失望,这时尤菲米娅匆匆端着一只盘子赶了过来,打断了克里斯托曼奇的解释。桑德斯先生也和尤菲米娅前后脚进了房间,还是没能找到能盖住他的手腕和脚踝的晚礼服。

"他没事吧?"尤菲米娅焦急地问,"我的威尔威胁过他,但如果是他干的,我绝对不会再跟他说一句话。这块地毯是怎么了?"

桑德斯先生也正盯着那块皱皱巴巴翘起来的地毯。"什么东西干的?"他说,"这块地毯上的护身符无疑已经能够阻止任何种类的意外。"

"我知道,"克里斯托曼奇说,"但这种力量强大得惊人。"两个人交换了一个意味深长的眼光。

然后每个人都赶忙凑到卡特身边。他度过了一段异常惬意的时光。桑德斯先生扶着他靠在枕头上,尤菲米娅给他穿上一件睡袍,然后又摸摸他的头,就像他没有承认过把她变成青蛙一样。"不是因为威尔,"卡特对她说,"是我自己。"克里斯托曼奇给他喝了一大口白兰地,然后又让他喝了一杯香甜的浓茶。珍妮特也喝了一杯茶,然后感觉好多了。桑德斯先生帮尤菲米娅把地毯拉直,然后问克里斯托曼奇他是不是应该强化地毯上的符咒。

"龙血也许能达到理想的效果。"他提议。

"老实说,我认为任何东西都没用,"克里斯托曼奇说,"别管它了。"他站起来,正对着镜子。"你介意今晚睡在卡特的房间吗?"他问珍妮特,"我希望有人照顾一下卡特。"

珍妮特看看镜子,又看看克里斯托曼奇,她的脸变得很红。"呃,"她说,"我一直在做鬼脸——"

克里斯托曼奇笑了起来。桑德斯先生觉得那样好笑,不得不在蓝天鹅绒凳子上坐了下来。"我觉得那样很好,"克里斯托曼奇说,"有些鬼脸非常新颖。"

珍妮特也笑了,有点发窘。

卡特躺在床上,感到很舒服,几乎有点兴高采烈。那一会工夫,每个人都在这里安慰着他,然后似乎只剩下珍妮特,一如往常地和他说着话。"你没事我感到太高兴了,"她说,"为什么我要大嘴巴说那些火柴呢?在你突然燃烧起来的时候,我好像在做一场噩梦。地毯不起作用后,我唯一能想到的就是大叫克里斯托曼奇。我是对的。他在我的话还没出口的时候就到了,但门锁没有坏,因为我试过了。所以他是一名大巫师。他为你毁掉了一件套装,卡特,而且他看起来根本不介意,所以我认为当他不像格兰屏山区冰冷的迷雾的时候,他其实非常友善。这不是镜子的原因。我是认真的。我猜那面镜子是——"

卡特觉得他本应该说一些关于格兰屏山区迷雾的事,但听着珍妮特的话,他感到既舒适又被人关爱,就迷迷糊糊地睡着了。

但当他星期天上午醒来的时候,感觉恰恰相反:冷得直打哆嗦。这天下午他应该会被变成一只青蛙或面对一头猛虎的——而且威尔·萨根斯变的猛虎一定很大很强壮,他想。在那只猛虎之外——如果还有什么的话——是在没有魔法的情况下面对星期一的恐惧。朱莉娅和罗杰也许能帮上忙,但当巴斯拉姆先生星期三来要那卡特弄不到的二十英镑的时候他们派不上用场。诺斯托姆先生提供不了帮助。夏普夫人更没指望。唯一的希望似乎是带上珍妮特和一些龙血去那座禁止进入的花园想办法离开。

卡特正想从床上爬起来去桑德斯先生的工作室弄一些龙血,尤菲米娅用托盘带着他的早餐走了进来,于是他不得不重新爬回床上。尤菲米娅还是像昨天晚上一样友善。卡特感觉很不好。他吃完早饭后,米莉来了。她把卡特从枕头上抱起来,拥抱了他。

"你这个傻乎乎的小可怜！谢天谢地,你没事。昨天晚上我一直想来看看你,但我们可怜的客人必须有人陪着。如今,你得在床上待一天,而且你一定得想要什么就开口去要。你想要什么?"

"我不能要一点龙血,对吗?"卡特满怀希望地问。

米莉笑了起来。"老天哪,埃里克！你经历了那么可怕的意外,然后你又要世界上最危险的东西。不行,你不能要龙血。这是城堡里真正禁止的少数东西之一。"

"就像克里斯托曼奇的花园?"卡特问。

"不完全一样,"米莉回答,"那座花园像那些小山一样古老,而且里面充满了各种各样的魔法。等你懂得了足够多的魔法并理解它之后,你会被带到花园去的。但龙血非常有害,我甚至不喜欢迈克用它。你绝对不要接触那些东西。"

紧跟着,朱莉娅和罗杰也穿着上教堂的衣服来了,他们抱来了一堆书和玩具,也带来了许多有趣的问题。他们那么友好,以至于卡特在珍妮特来的时候很不开心。他不愿意离开这座城堡。他感到他正在真正地融入这里。

"那团面还粘在你的地毯上。"珍妮特沮丧地说,让卡特也有点发慌。"我刚刚见了克里斯托曼奇,替别人背黑锅真难过,"珍妮特接着说,"尽管我有幸见到了一件上面绣着金龙的天蓝色的便袍。"

"我还没见过那件。"卡特说。

"我认为他每个星期的每一天都有一件,"珍妮特说,"他只需要一把燃烧的剑。他禁止我去教堂。教区牧师因为格温多琳上个星期天的恶作剧不许我去。我太气愤了,要不是想到去教堂要戴那顶带着小洞的傻乎乎的白帽子的话,我就告诉他们我不是格温多琳了。你觉得他能通过那面镜子听到吗?"

"不,"卡特说,"想想就知道。不然他就什么都知道了。我很高兴你能留下来。我们可以在他们去教堂的时候去拿龙血。"

珍妮特站在窗边,一直看着全家人都离开。大约半个小时后,她说:"他们一起走上了林荫路。所有男人都戴着大礼帽,但克里斯托曼奇看着就像从商店橱窗里走出来的一样。他们都是谁,卡特?那个戴着紫色露指手套的老妇人是谁?那个穿着绿衣服的呢?还有那个一直在说话的小个子?"

"我不知道。"卡特说。他爬下床,满屋子跑着找衣服。实际上,他感觉非常好——令人吃惊地好。他手舞足蹈地穿好衬衣,唱着歌穿起了长裤。连那块粘在地毯上的冷面团也没有打消他的兴致。他吹着口哨绑好了鞋带。

看着卡特充满活力地披上外套,珍妮特说:"真奇怪,死亡一定对你造成了什么改变。"卡特从她身边冲了出去,咚咚咚地下了楼梯。"赶快!"卡特在楼梯下面喊道,"从这里走,在城堡的另一面。米莉说龙血非常危险,所以你不能碰。我能分一条命给它,但你不能。"

珍妮特想提醒卡特不能轻易浪费最后几条命,但她总是追不上卡特。卡特像一阵风一样穿过绿色的走廊,冲上通往桑德斯房间的盘旋楼梯,珍妮特直到进了房间才追上他。然后她的注意力被房间里的东西吸引住了。

房间里充斥着陈腐的魔法气息。尽管这里和卡特上次来看到的大同小异,但显然桑德斯先生在周末稍微整理了一下。那些油灯都被拿出去了。蒸馏器和其他器皿都显得干干净净。那些书籍和卷轴都高高地堆在第二个板凳上。那个五角星的图案还在地板上,但第三张板凳上用粉笔画了一套新的符号,那只动物标本规规矩矩地摆在板凳的一头。

珍妮特被深深吸引住了。"这里像一个实验室,"她说,"虽然它根本不是。都是些什么奇怪的东西啊!哦,我看见龙血了。他需要这样整整一大罐吗？从里面拿一点点他不会留意的。"

第三张板凳的一头传来窸窸窣窣的声音。珍妮特抬头一看，那只动物标本正抖动着身子，展开它薄膜状的小翅膀。

"它以前也这样干过，"卡特说，"我想它没危险。"

但是，当那只动物舒展身体，用像狗一样的脚站起来的时候，他有些动摇了。它打哈欠的时候露出了几十颗尖细而锋利的牙齿，还喷出了一股蓝色的烟雾。它顺着长凳向他们跑过来，拍打着背上的小翅膀，鼻孔里冒出两股细细的烟雾。它在长凳的边缘停下来，用两只闪闪发光的金色眼睛好奇地盯着他们。他们紧张地后退了几步。

"它是活的！"珍妮特说，"我认为它是一条小龙。"

"我当然是活的。"那条龙说，突如其来的声音把他俩都吓了一跳。更让人吃惊的是，当它说话的时候，几道细小的火焰从它嘴里冒了出来，从他们站立的地方都能感到那些火焰的热度。

"我还不知道你能说话。"卡特说。

"我英语说得很好，"那条龙喷着火说，"你们为什么想要我的血？"

他们难过地看着书架上的那罐粉末。"那都是你的血吗?"卡特问。

"如果桑德斯先生一直用它取血的话,我想那太残忍了。"珍妮特说。

"哦,那个呀!"那条龙说,"那是一些老龙的血粉。他们把它卖给人们。你们一点都不能动它。"

"为什么不能?"卡特说。

"因为我不想让你动。"那条龙说。它嘴里照例喷出一团火焰,逼得他们再次后退。"如果你们看到我拿人血来玩游戏,你们会怎么想?"

尽管卡特觉得它说得有道理,珍妮特却不。"我不在乎,"她说,"我来的那个地方可以输血,还有血库,爸爸曾经让我在显微镜下看过我的血。"

"但我在乎,"那条龙说,从嘴里喷出另一道火焰,"我妈妈被非法的盗血者杀死了。"它爬到板凳的尽头盯着珍妮特,金色眼睛一闪一闪,就像两个小小的金色的万花筒。"我太小,没有多少血,所以他们放过了我。如果不是克里斯托曼奇发现我的话,我就死掉了。所以你们明白我为什么在乎了吧?"

"是的,"珍妮特说,"小龙是用什么喂的? 牛奶?"

"迈克用牛奶试过,但我不喜欢,"小龙说,"我现在吃绞肉,长得很快。等我足够大的时候,他就会送我回去,不过同时我也帮助他研究魔法。我是个很好的助手。"

"真的吗?"珍妮特说,"你会做什么?"

"我能找到他找不到的古老的东西,"那只小龙轻轻哼起来,"我为他从深渊里抓来动物——古老的金色生物,生着翅膀的东西,深海里眼睛像珍珠一样的怪物,还有来自很久以前的会说话的植物。"它停下来,歪着头看着珍妮特。"那很轻松,"它又对卡特说,"我一直想干,但以前没人让我干过。"它叹了口气,吐出一股长长的蓝色烟雾:"我希望我更大一些,那现在就能把她吃掉。"

卡特警觉地看了一眼珍妮特,发现她像梦游一样瞪着眼睛,脸上挂着一丝傻笑。"别这样恶毒!"他说。

"我想我只能一点点地咬。"小龙说。

卡特意识到它在开玩笑。"那样我会扭断你的脖子。"他说,"难道你没有别的东西可以开玩笑了吗?"

"你说话就像迈克一样。"小龙扫兴地吐了一口烟,"我讨厌和老鼠玩。"

"让他带你去散散步。"卡特摇摇珍妮特的胳膊。珍妮特轻轻跳了一下,回过神来,似乎没有意识到自己的处境。"我对你的感受爱莫能助,"卡特对小龙说,"我需要一些龙血。"他把珍妮特拉远一点,让她留在安全的地方。他在旁边的凳子上拿了一个小小的瓷坩埚。

小龙赶忙爬起来,像狗一样把下巴伏在前爪上,翅膀也张开了。"迈克说龙血是有害的,"它说,"即使是一个老手使用它也一样。要是你不小心,它会让你送掉一条命。"

卡特和珍妮特透过它说话时喷出的烟雾对视了一眼。"好吧,我可以匀出一条命。"卡特说。他取下那个大瓶子上的玻璃塞,用瓷坩埚舀了一些龙血。那些龙血散发出一种奇怪的强烈气味。

"我看克里斯托曼奇用两条命也过得不错。"珍妮特紧张地说。

"但他很特别。"小龙说。它站在长凳边缘,紧张地拍打着翅膀。它用一双金色的眼睛盯着卡特用手帕把坩埚包好,小心翼翼地塞进口袋里。它看起来那样担心,于是卡特走向它,有点紧张地抚摸着它的下巴。小龙伸长脖子抵着他的手指。它的鼻孔呼呼地冒着烟气。

"别担心,"卡特说,"我还有三条命,你知道吗?"

"那解释了我为什么喜欢你,"小龙说,它为了往卡特的手指上凑几乎从板凳上掉下来,"别急着走!"

"我们要走了。"卡特把小龙推回到板凳上,然后拍拍它的头。他适应过来之后,觉得一点也不介意触摸它温暖的,角状的头皮。"再见。"

"再见。"小龙说。

于是他们离开了那条像小狗一样在后面看着他们,没有被出门散步的主人带着的小龙。

"我看它觉得很无聊。"卡特在关门的时候说。

"真遗憾!它只是个婴儿。"珍妮特说。她在第一个楼梯转角的地方站住了。"我们回去带它去散散步。它真可爱!"

卡特相信如果珍妮特这样做的话,她最终会认识到那条龙会咬她的腿。"它没那么可爱,"他说,"我们现在要直接去那座花园。它一见到桑德斯先生就会告诉他我们拿走了一些龙血的。"

"是的,我猜它能说话的话情况会不一样,"珍妮特表示赞同,"那我们最好赶快。"

卡特小心翼翼地穿过城堡出了门,一只手一直放在口袋里,以防有什么闪失。他担心自己在进入那座被禁止进入的花园之前先少了一条命。他似乎已经过于轻易地失去了三条命。那件事一直让他感到奇怪。从那些火柴来看,失掉第五条命几乎肯定是一场灾难,但他却一点都没注意到。他无法理解。他的生命似乎和普通人不一样,没有妥善地结合在自己身体上。但至少他知道,在他离开的时候,不会有其他的卡特·钱特被拖进这个世界的烦恼里。

第十五章

那是初秋一个晴朗的日子,满眼的苍绿和金黄,温暖而寂静。除了卡特和珍妮特咯吱咯吱穿过花园的脚步声,周围一个人影都没有。在穿过果园的中途,珍妮特说:"如果我们找的那个花园外表像一个废弃的城堡,我们现在正朝它的反方向走。"

卡特本想发誓他们正朝着那里走,不过在他们停下来往四周看的时候,那道高大的沐浴着阳光的老墙确实正在他们身后。这时他才开始回想,他不记得他和格温多琳上次是怎么走到那里的了。

他们转身继续朝着高墙走。但一路上都是长长的果园的低矮围墙。没有出去的门,而那座禁止进入的花园在墙外。他们沿着果园的围墙找到了最近的门。通过那扇门后他们进入了一座玫瑰园,不过那道废弃的高墙又出现在了他们身后,高高耸立在果园上方。

"这不是一种阻止人们走进去的魔法,对吗?"珍妮特在他们再次走进果园的时候问。

"我觉得肯定是。"卡特说。他们又一次进入了那座传统花园,那道墙仍然在他们身后。

"照这样下去,在我们找到之前他们就从教堂出来了。"珍妮特焦急地说。

"试着用你眼睛的余光看,不要直视它。"卡特说。

他们采用这个办法,没有直接看那道墙,顺着和果园倾斜的方向走下去。那堵墙似乎和他们保持同步一样。不过不知道怎么回事,他们一下子走到了果园外面,走上了一条陡峭的两边都是墙的小路。小路上面就是那道高大的老墙,有着被蜀葵和金鱼草遮盖起来的阶梯,掩映着被时光剥落的碎石。他们都不敢直视那高大的废墟,连跑上那条小路的时候也不敢正眼去看。但是当他们跑到小路尽头时,那堵墙仍然矗立在那里,包括那道杂草丛生的阶梯。

爬上那道阶梯需要一些胆量。他们不得不把身子贴在墙上那些被晒热的石头上,小心翼翼地爬了差不多两栋房子那样高,另一侧的阶梯也同样陡峭。这些阶梯既残旧又不规则,很吓人。他们觉得越来越热。爬上去后,卡特不得不仰头看着那些长在废墟顶上的树,因为看其他的任何地方都会使他感到眩晕。他试着从他认为可能的不同的角度去看城堡。他怀疑他所在的这座废墟是在不停移动的。

墙头上有一个缺口,看上去一点也不像正确的通道。他们穿过那个缺口走了进去,偷偷摸摸而又充满内疚。远处的地面被踩得很光滑,就像数百年来一直有人在上面走一样。花园里有很多树,浓密而阴暗,让人感到凉爽宜人。那条光滑的小路弯弯曲曲地在那些树林里伸展着。随着他们的脚步,那些贴得很近的树好像也在移动。当他们在林中行走的时候,那些树似乎在以种种方式移动着,并蔓延到不同的距离。但卡特不能确定这是不是只是一种假象。

走过一段距离后,前面出现了一处谷地,他们走了下去。

"多么可爱的地方!"珍妮特低声说,"但太奇怪了!"

那个小小的洼地里盛开着春季的花朵。有洋水仙、绵枣儿、雪花莲、风信子,还有郁金香。所有这些花都在不可能的九月时节缤纷盛开着。谷地里有些寒意,也许这是花朵开放的原因。珍妮特和卡特在花丛中辨认着路,轻轻打着寒战。谷地里有春天的香气,凉爽而令人兴奋,清爽中带着田野的气息,但因为魔法而变得浓郁。走了两步后,卡特和珍妮特微笑起来。再跨出一步后,他俩开始哈哈大笑。

"哦,看哪!"珍妮特说,"有一只猫。"

那是一只身上有条纹的大猫。它弓着腰迟疑地站在一丛报春花旁边,不知道是不是该逃走。它看看珍妮特,又看看卡特。卡特认识它。尽管它确定无疑是一只猫,但它的脸却让人想起一把小提琴。

他哈哈大笑着,这里的一切都使他快乐。"这是老'提琴',"他说,"它过去是我的小提琴。它在这里干什么?"

珍妮特跪到地上,轻轻伸出手。"来这儿,小提琴。过来,猫咪。"小提琴的脾气肯定在这片谷地里变得温和了。它让珍妮特挠它的下巴,抚摸它。然后,又以一种让人无法想象的方式,让珍妮特把它抱了起来,甚至还发出了呼噜呼噜的声音。珍妮特脸上放着光,几乎像格温多琳上完魔法课回到家里的样子,除了她看起来更友善一些。她朝卡特眨眨眼。"我喜欢各种各样的卡特[①]!"

卡特放声大笑。他也伸出左手摸了摸小提琴的脑袋。那感觉很奇怪。他感到自己摸到了小提琴上的木头。他赶忙抽

---

① 这里是双关语,既指猫,也指人。

回了手。

他们接着穿过了一片散发着令人陶醉的香气的水仙,珍妮特仍然抱着小提琴。直到那时,他们才看到了白色的花朵。卡特几乎可以肯定这座花园是随着他们转动的。接着他走进了一片风信子花,然后又看到了一大片红郁金香,这时他再也没有疑问了。他几乎——但不是很真切地——看到那些树正静静地在他目力所及的边缘滑动。就这样他们走过了金凤花和峨参草,然后又走上了一条沐浴着阳光的带坡度的路。路边有丛生的野玫瑰,上面缠绕着开着好看的蓝色花朵的攀缘植物。这时卡特真正感到了那种滑行的运动。他们正在被以某种方式逮着向下盘旋移动。再加上他想到这座花园也在城堡的地面上移动,卡特开始感到像坐在汽车里一样不舒服,只有不停地走动和四处张望才能好过一点。

在他们穿过一片被盛夏的花朵包围起来的小树林时,珍妮特也注意到了。"我们是不是一下子走过了四个季节?"她说,"我觉得我好像正沿着一条移动着的楼梯往下走一样。"

那不是简单的四个季节。在无花果树、橄榄树和椰枣树的包围下,他们走进了一个小小的沙漠,沙漠里长着像弯黄瓜和带刺的绿色扶手椅一样的仙人掌。有些仙人掌上还开着鲜艳的花朵。阳光炙热,但他们还没来得及感到不舒服,就再次被树木围了起来,进入了色彩斑斓、幽暗的光线里,身边生长着秋天的花朵。他们刚适应这个环境,那些树就长出了浆果,变成了琥珀色,接着掉光了它们的叶子。他们朝一丛挂着红色浆果的茂盛的冬青树走过去。天气变得冷了些。小提琴不喜欢这里。它从珍妮特的胳膊上拱下来,逃向了温暖的地方。

"通到其他世界的门在哪里呢?"珍妮特提出了他们来这里的目的。

"应该快到了,我觉得。"卡特说。他感到他们接近了花园的中心。他很少感觉到什么东西蕴含着这么强大的魔法。

他们身边的那些树和灌木上都结了霜,那些鲜艳的浆果上裹了一层冰壳。然而他们还几乎没来得及搓手和打哆嗦,一棵在冬天开着粉色花朵的树出现在了他们面前。紧接着是修长的迎春花的枝条,上面缀着点点黄花。然后是一棵巨大的黑刺李树,扭曲的枝条伸展向四面八方。树上也刚刚绽开了几朵白花。

走入黑刺李树幽暗的树冠下时,珍妮特抬头看着它盘曲的树枝。"格拉斯顿堡的那一棵就像这样,"她说,"他们说它在圣诞节的时候开花。"

这时卡特明白他们进入花园中心了。这是一片低洼的草地。除了一棵树外，所有的树都长在洼地的边缘。而且这里的气候是正常时节的气候，因为树上的果子刚刚成熟。这棵树斜倚在草地中央，但没有完全遮住奇怪的废墟。当珍妮特和卡特悄悄朝这片地方走去的时候，他们在那棵苹果树下面发现了一小眼泉水汩汩地流出来，仿佛是凭空冒出来的，然后又几乎立刻渗进了土地里。珍妮特感到那清澈的泉水看起来是不同寻常的金色，让她想起了那天淋浴时扑熄卡特身上的火焰的水。

那个废墟是一道残败的拱门。

树底下有一块石板，肯定是从那道拱门上掉落下来的。除了这座拱门之外，似乎没有别的门户的迹象了。

"我想就是这里了。"卡特说。他对离开感到很悲伤。

"我想也是，"珍妮特用畏怯、模糊的声音表示赞同，"说实话，我对要离开感到有点伤心。我们怎么走呢？"

"我打算往拱门里洒一撮龙血。"卡特说。

他从口袋里摸出那个用手帕包起来的坩埚。他闻着龙血的强烈气味，开始感到自己做错了。把这种有害的材料带到一个有着这样异乎寻常强烈的魔法的地方是不对的。

可是，因为他不知道还有什么别的选择，他小心翼翼地用右手的拇指和食指捏了一撮那种难闻的棕色粉末，然后又用左手把坩埚重新包好。然后，他慎重而愧疚地把那搓粉末洒向拱门的石柱之间。

石柱间的空气像受热的空气一样颤动起来。远处那片沐浴着阳光的草地变得朦胧起来，然后变成了一片奶白色，接着暗了下去。当视野慢慢清晰起来后，他们发现自己可以看到一个巨大的房间，似乎有好几英亩大。房间里铺着一张地毯，地毯上是丑陋的扑克牌一样的绿色、红色和黄色的图案。房间里都是人。他们也让卡特想起了扑克牌游戏，因为他们都穿着死板而笨重的衣服，颜色明亮而单调。他们在房间里四处走动，显得既庄重又不安。在他们和花园之间的空气仍然颤抖着，但是卡特无端地感到他们不能进入那个巨大的房间。

"这不对，"珍妮特说，"这是哪里？"卡特正要说他也不知道，这时他看见了格温多琳。她正被人抬着走过去，坐在一张某种有把手的床上。八个抬着那张床的人都穿着笨重的金色制服。那张床是金色的，有着金色的幔帐和金色的垫子。

格温多琳穿得甚至比其他人还要笨重一些，全身都是白色和金色，她的头发用一个金色的头饰高高地束起来，那也许是一个王冠。从外表来看,她无疑是一个女王。她朝几个大人物点点头,他们急忙来到她的床边,极为恭顺地听着她的话。她朝另外一些人挥挥手,他们就跑开执行命令。她向另一个人做了个手势,那人跪在地上乞求她的宽容。当另外的人把他拖开的时候,他仍然在乞求。格温多琳似乎感到好笑,脸上露出了笑容。这时,那张金色的床正放在拱门旁边,那个空间里的人都在格温多琳的驱使下忙作一团。

然后格温多琳看到了卡特和珍妮特。从她脸上吃惊的表情和微微的恼怒上,卡特知道她看见了。也许她使了什么魔法,也许是龙血里的魔力用尽了。不管因为什么,拱门里又变得黑暗起来,然后变成乳白色,然后变成一片薄雾;最后,门洞外除了草地别的什么都没有了,柱子间的空气也停止了颤动。

"那是格温多琳。"卡特说。

"我想是的,"珍妮特无动于衷地说,"如果她一直让人这样扛着,她会变胖的。"

"她很享受。"卡特担心地说。

"我看得出来,"珍妮特说,"但我们怎么才能找到我的世界呢?"

卡特一点信心都没有。"我们转到拱门的另一边试试?"

"有道理。"珍妮特同意了。她正要绕过那些柱子,然后又停了下来。"我们这一次最好是猜对,卡特。你只能再多试一次了。你刚才是不是已经丢了一条命?"

"我没觉得——"卡特刚开口。

然后诺斯托姆先生突然从断裂的拱门里冒了出来。他手里拿着卡特送给夏普夫人的明信片,显得既生气又惊慌。

"亲爱的,"他对卡特说,"我告诉你的是两点半,不是中午。只是因为碰巧我把手放到了你的签名上。但愿一切不会有闪失。"他转过身,对着空荡荡的草地喊:"来吧,威廉姆。这可怜的孩子似乎误解了我,但咒语无疑是有效的。别忘了带上——呃——装备。"他从门柱间走出来,卡特在他面前连连后退。

一切都变得非常安静。苹果树的树叶一动不动,泉水的汩汩声也变得轻柔而缓慢。卡特强烈怀疑他和珍妮特做了什么可怕的事。珍妮特站在拱门外面,双手捂着嘴,看来被吓坏了。她突然被凭空出现在两根门柱之间的威廉姆先生的庞大身躯挡住了。后者胳膊上挂了一盘绳子,马甲的口袋里露出闪闪发亮的东西。他的一对眼睛不安地转动着。他有点喘不过气的样子。

"不成熟但成功了,亨利,"他气喘吁吁地说,"剩下的已经召唤过了。"

威廉姆·诺斯托姆大摇大摆地走到苹果树下,和他兄弟站在一起。地面轻轻晃动了一下。花园里非常寂静。卡特又后退了一步,发现那眼泉水已经断流了,地面只剩下一个泥泞中的泉眼。卡特现在相当肯定,他和珍妮特做了不好的事。

在诺斯托姆先生之后,其他人也纷纷从破败的拱门里冒了出来。第一个出现的是巫女街南面的一个认证女巫,脸上涂成紫褐色,非常吓人。她曾经穿着这套最好的礼拜服上过教堂:一顶上面绣着水果和鲜花图案的大帽子,一件红黑相间的缎子连衣裙。跟在她身后的大部分人都穿着他们最好的衣服:魔法师们穿着蓝哔叽套装,戴着硬壳礼帽;女巫们穿着丝绸和混纺斜纹布套装,戴着各式各样的帽子;巫师们穿着和诺斯托姆兄弟一样的礼服,显得令人肃然起敬;瘦弱的术士穿着一身黑衣,有个人曾穿着长长的黑斗篷去过教堂,或者穿着带斑点的灯笼裤打高尔夫。他们簇拥着从门柱间走出来,开始三三两两,后来六七个人一群。卡特在他们中间认出了很多来自巫女街的女巫和占卜师,尽管他没看到夏普夫人和拉金斯小姐——但这也许只是因为太快了,他站在一大群不断增加着的人中间,被推得东倒西歪。

威廉姆·诺斯托姆正吆喝着每队人赶快通过:"散开。围着草地散开。把那扇门围起来! 不要留一条逃走的路。"

珍妮特从人群里挤了过来,抓着卡特的胳膊。"卡特! 我们做了什么? 别告诉我这些人都不是女巫和魔法师,因为我不会相信你!"

"啊,亲爱的格温多琳!"亨利·诺斯托姆先生说,"计划二开始了。"

这时,草地的斜坡上已经挤满了女巫和魔法师。地面在他们的践踏下颤抖着,空气里嗡嗡地响着他们兴奋的交谈声。这些人有几百个——互相举着花花绿绿的帽子和闪亮的礼帽点头示意,就像在赶集一样。

等最后一个巫师通过门柱之后,亨利·诺斯托姆把一只手沉重地放在卡特肩膀上。卡特心神不定地想,这同一只手把他的明信片交给了夏普夫人,这是不是只是一种巧合? 他看见那个意念力魔法师站在了一根损坏的门柱旁,穿着紧身的节日盛装,像以往一样脸色铁青,兴高采烈。威廉姆·诺斯托姆则把身子尽可能地藏在另一根柱子后面,而且,不知道什么原因,他摘下了沉重的银表链,在一只手里轻轻晃动着。

"现在,亲爱的格温多琳,"亨利·诺斯托姆说,"你愿意出面把克里斯托曼奇招来吗?"

"我——我不愿意。"珍妮特说。

"那我就亲自来干。"亨利·诺斯托姆满意地说。他清清嗓子,拉长声音用男高音喊道:"克里斯托曼奇!克里斯托曼奇!来我这里!"

接着克里斯托曼奇就站在了柱子中间。

克里斯托曼奇一定正走在从教堂回来的大路上。他一只手里举着灰色的高礼帽,一只手正在把祈祷书往他那件好看的鸽灰色外套的口袋里放。一众女巫和魔法师用一种呻吟一样的叹息声欢迎了他。克里斯托曼奇以温和而最为困惑的神情眨着眼,环视着他们。在他碰巧看见卡特和珍妮特的时候,他变得更加茫然和困惑。

卡特张开嘴,想叫克里斯托曼奇逃走。但意念力魔法师在克里斯托曼奇出现的同时扑了上去。他的身体在长大,他的指甲在变成爪子,牙齿在变成利齿。

克里斯托曼奇把祈祷书放进口袋,用茫然的表情看了看他。意念力魔法师一动不动地停在了半空中,然后开始收缩。他缩得那么快,竟然发出呼呼的声音。然后他就变成了一只小小的棕色毛虫。他落在草地上,在地上蠕动着。但是,就在他还在收缩的时候,威廉姆·诺斯托姆从另一根柱子后面跳了出来,敏捷地用他的银表链缠住了克里斯托曼奇的右手。

"小心后面!"卡特和珍妮特尖叫。太迟了。

几乎一眨眼工夫,那只毛虫就从草地上跳了起来,重新变成了意念力魔法师。他身上有些凌乱,但还是一副洋洋自得的样子。

他再次扑向克里斯托曼奇。至于克里斯托曼奇,很明显那根表链使他完全失去了能力。片刻工夫,三个人在门道里纠缠到了一起。意念力魔法师想用两只结实的胳膊把克里斯托曼奇抱住,克里斯托曼奇试图用左手把那根表链从手腕上取下来,而威廉姆·诺斯托姆则死死地拽住表链。他们都没有使用魔法,而克里斯托曼奇似乎只能无力地把意念力魔法师撞个趔趄。在两次挣扎之后,意念力魔法师把克里斯托曼奇的双手扭到身后,威廉姆·诺斯托姆从口袋里拉出一副银手铐,铐在他的手腕上。

观众林立的高帽下爆发出一声胜利的尖叫——真正附有魔法的尖叫,阳光都变得抖动起来。比意念力魔法师更加衣冠不整的克里斯托曼奇被从门柱间拖了出来。他的灰色高礼帽滚到卡特的脚边,被亨利·诺斯托姆兴致勃勃地一脚踩了上去。卡特试图在他那样做的时候从他手上挣脱,发现自己一动也不能动。诺斯托姆先生利用夏普夫人的明信片做了手脚。卡特不得不面对一个现实:他和克里斯托曼奇一样无助。

"这么说是真的!"在意念力魔法师把克里斯托曼奇朝苹果树推过去的时候,亨利·诺斯托姆得意洋洋地说,"银的接触可以战胜克里斯托曼奇——伟大的克里斯托曼奇!"

"是呀。真是讨厌。"克里斯托曼奇说。他被拖向苹果树,背靠苹果树按着。接着威廉姆·诺斯托姆匆匆赶到亨利身边,从他皱巴巴的马甲上扯下另一根银表链。两根粗大的银表链足以把克里斯托曼奇捆在树上了。威廉姆·诺斯托姆咒在表链的末端打上两个魔法结,然后搓着手站到一旁。观众里爆出一阵可怕的笑声和鼓掌声。克里斯托曼奇低着头,好像累了一样。他的头发披散在脸上,领带被扯到了左耳一侧,鸽灰色外套在树皮上蹭出一块块绿色。卡特看着他的境况,没来由地感到悲伤。但克里斯托曼奇看上去非常镇定。"现在你们已经彻底用银子把我捆起来了,可以说说你们的目的了吧?"

威廉姆·诺斯托姆的眼珠欢快地旋转着。"哦,亲爱的先生,再糟糕不过了,"他说,"我可以保证。我们讨厌你施加给我们的限制,你明白吗?为什么我们不能出去征服其他的世界?为什么我们不能用龙血?为什么我们不能为所欲为?回答我,先生!"

"如果你们愿意,你们也许可以自己找到答案。"克里斯托曼奇回答。但他的声音被聚集起来的女巫和魔法师的叫喊声淹没了。在他们喊叫的时候,珍妮特开始不声不响地朝那棵树移动。她以为卡特在亨利·诺斯托姆的掌握下不敢动,但是她觉得有人应该做点什么。

"哦,是的,"亨利·诺斯托姆得意洋洋地说,"今天,我们要把魔法的艺术夺回自己手里。到了晚上,这个世界就变成我们的了。等着看好戏吧,先生,我们要征服每一个我们知道的世界。我们打算消灭你,我亲爱的朋友,还有你的力量。当然,在我们那样做之前,我们要毁掉这座花园。"

克里斯托曼奇沉思地看着自己垂在银手铐上的双手。"我不建议那样做,"他说,"这座花园拥有来自所有世界初始时的事物。它比我强大得多。你们是在和魔法的根源作战——你们会发现它极其难以摧毁。"

"啊,"亨利·诺斯托姆说,"但我们知道如果不毁掉这座花园,就不能灭掉你,狡猾的先生。别以为我们不知道怎么毁掉这座花园。"他用空闲的手抓住卡特的另一边肩膀:"办法就在这里。"

这时,珍妮特被苹果树附近草地上的一块石头绊了一下。"该死!"她一边叫一边跌了个跟头。观众们指指点点,尖声大笑,更是惹恼了她。她向那个节日软帽和礼帽组成的圈子怒目瞪了一圈。

"快起来,亲爱的格温多琳,"亨利·诺斯托姆兴致勃勃地说,"应该在这里的是小钱特。"他用一只胳膊抱住无助的卡特,用力把他拖离了地面,挟着他朝那块石头走去。威廉姆·诺斯托姆也跑了过来,手里拿着一根绳索,面带喜色。意念力魔法师也跳过来帮忙。

卡特太害怕了,不知怎么就打破了咒语。他从亨利·诺斯托姆的胳膊里挣出来,全力朝那两根门柱冲过去,一边跑,一边拿龙血。只有几步的距离,但那些女巫、魔法师和巫师立刻释放了咒语。草地上充满了浓重的魔法气息。卡特的双腿像灌了铅,心脏狂跳。他感到自己像在用慢动作跑,而且越来越慢,就像发条用尽的玩具。他听到珍妮特尖叫着让他快跑,但他一步都迈不出去了。他被卡在破败的拱门前,浑身僵硬得像一块木头,除了喘气什么都做不了。诺斯托姆兄弟和意念力魔法师在那里捉住他,把他用绳子捆了起来。珍妮特竭尽所能地制止他们。

"噢,快住手!你们在干什么?"

"喏,喏,格温多琳,"亨利·诺斯托姆很困惑地说,"你完全知道怎么回事。我向你很仔细地解释过,这座花园的魔法必须通过在那块石板上切开一个童贞儿童的咽喉来解除。你同意过必须那样做。"

"我没有!那不是我!"珍妮特说。

"安静!"被困在树上的克里斯托曼奇说,"你想被放在卡特的位置上吗?"

珍妮特瞪着他,一直瞪到她明白所有的暗示。

就在她沉思的时候,意念力魔法师扛着被绳索捆绑着、身体僵硬得像木乃伊一样的卡特走了过来,将他重重地扔在那块石头上。卡特狠狠地瞪着他。他曾经一直显得那么友好。另外,卡特已经不像开始那样害怕了。格温多琳当然早就知道他有多余的生命。但他希望他的喉咙能在被他们切开后愈合。他的喉咙在愈合之前一定会非常不舒服。他把眼光转向珍妮特,想通过眼神让她安心。

可是让他吃惊的是,珍妮特被攫回到了虚无中。她唯一留下的是一声惊叫。草地上也发出了同样的惊叫声。每个人都和卡特一样吃惊。"哦,天哪!"格温多琳从那块石头的另一边说,"我来得正是时候。"

人们瞪大眼看着她,她是从门柱里走出来的,这时正在用卡特的一本作业本掸掉手指上的龙血。卡特看到上面有他的签名:埃里克·艾米勒斯·钱特,伍尔夫科特巫女街 26 号,英格兰,欧洲——这是他的,没错。格温多琳仍然把头发盘在那个奇怪的头饰上,但脱掉了那件笨重的金色长袍。她身上穿的应该是她在新世界里的内衣。那些内衣比克里斯托曼奇的任何一件便袍都来得华丽。

"格温多琳!"亨利·诺斯托姆惊叫。他指着珍妮特消失的那片空地。"怎么——那是谁?"

"一个替身而已,"格温多琳以她装腔作势的方式解释道,"我刚才看见她和卡特到这里了,所以我明白——"她注意到克里斯托曼奇软绵绵地被捆在苹果树上。"哦,天哪!你抓住他了!稍等,"她走向克里斯托曼奇,双手拉起衬裙,用力踢他的小腿骨,"吃我一脚!再来一脚!"克里斯托曼奇没有装作不疼的样子。他弯着腰。格温多琳的鞋尖像钉子一样突出。

"那么,现在我是在哪里?"格温多琳转身问诺斯托姆兄弟,"哦,对了。我觉得我最好回来,因为我想看看这场乐子,我记得我忘记告诉你卡特有九条命。恐怕你得多杀他几次才行。"

"九条命!"亨利·诺斯托姆叫了起来,"你这个傻丫头!"

接着,草地上的每个女巫和巫师都发出了这样的叫喊和尖叫声,除此之外什么声音都听不到了。卡特在地上看见威廉姆·诺斯托姆探身对着格温多琳,面孔涨红,两个眼珠骨碌碌地旋转着,怒冲冲地向她吼叫着,格温多琳也毫不示弱地吼回去。在喧哗声低下来之后,卡特听见威廉姆·诺斯托姆嗡嗡的声音:"九条命!如果他有九条命,你这个傻丫头,那意味着他是个天生的大巫师!"

"我才不傻!"格温多琳大声回答,"我知道得不比你少!他还是婴儿的时候我就一直在利用他的魔力。可是你杀了他我就不能继续用下去了,不是吗?所以我才不得不离开。我回来告诉你这件事是我的好意,明白吗?"

"你怎么能利用他的魔力?"亨利·诺斯托姆问,他甚至比他的兄弟还显得困惑。

"我就是能用,"格温多琳说,"他从不介意。"

"恰恰相反,我介意,"卡特在那块躺起来很不舒服的石板上说,"你要知道,我在这里。"

格温多琳低头看着他,好像对他的话感到非常吃惊一样。但在她能够开口对卡特说些什么之前,威廉姆·诺斯托姆大声嘘着要求大家安静。他非常焦虑。他从口袋里摸出了一个长长的亮闪闪的东西。

"安静!"他说,"我们已经到了这一步,不能回头了。我们只能找出这孩子的弱点。如果我们找不到,就无论如何杀不死他。他肯定有一个弱点,所有的大巫师都一样。"他一边说,一边走到卡特身旁,用那个亮闪闪的东西指着他。卡特惊恐地发现那是一把长长的银色匕首。那把匕首正指着他的脸,即使威廉姆·诺斯托姆的双眼落在别处。"你的弱点是什么?快说!"

卡特没说话。因为他保命的唯一的机会似乎是保守住任何关于他的生命的秘密。

"我知道,"格温多琳说,"我把他的所有生命放进了一盒火柴里。那样它们很容易使用。火柴在城堡上我的房间里。我必须把它拿来吗?"

卡特从他那不舒服的位置上看到的每个人都显得如释重

负。"那好,"亨利·诺斯托姆说,"不划火柴能把他杀死吗?"

"哦,是的,"格温多琳说,"他淹死过一次。"

"那问题就变成,"威廉姆·诺斯托姆非常轻松地说,"他还剩下几条命了。你还有几条命,小子?"

这次卡特还是没说话。

"他不知道,"格温多琳不耐烦地说,"我过去用过一些。他出生时丢过一条,溺水时丢过一条。后来我把他放进那盒火柴的时候用过一条。因为一些原因,我让他抽筋。然后那只被困在银子里的癞蛤蟆不让我上魔法课,还夺走了我的魔力,所以我只好在晚上利用卡特的另一条命把我送到一个美好的新世界。他对这件事很不情愿,但他帮了我。那条命的结局就是这样。哦,我差点忘了!我把他的第四条命放进了他一直拉的小提琴里,把它变成了一只猫——小提琴——记得吗,诺斯托姆先生?"

亨利·诺斯托姆用手抓着两鬓的头发。草地上又响起了惊惶的声音。"你个愚蠢的丫头!有人把那只猫带走了。我们根本杀不了他了!"

有片刻时间,格温多琳显得很窘迫。接着她想到了一个主意。"如果我走一次,你可以用我的替——"

捆着克里斯托曼奇的表链叮叮当当响起来。"诺斯托姆,你不用慌。把那只猫——小提琴带走的人是我。我把它放进了这座花园,它就在这里的什么地方。"

亨利·诺斯托姆转身看着克里斯托曼奇,半信半疑,双手仍然抓着两鬓的头发,好像以此来固定住自己的精神一样。"我怀疑你,先生,非常认真地说。你是个出名狡猾的人。"

"过奖,"克里斯托曼奇说,"不幸的是,像这样被捆在银子里,我除了实话还能说什么呢?"

亨利·诺斯托姆看着他的兄弟。"没错,"威廉姆疑惑地说,"银子迫使他说出事实。我怀疑那孩子丢失的生命就在这里的某个地方。"

这番话对格温多琳、意念力魔法师和大部分女巫及魔法师来说足够了。格温多琳说:"那我去找它。"然后她扭扭捏捏地穿着尖头鞋尽可能快地朝树丛里走去,意念力魔法师的动作比她还快。当他们从一个戴着高高的绿色帽子的女巫身旁挤过去的时候,那名女巫说:"说得对,亲爱的。我们必须全体出动去找那只猫咪。"她转身对众人用女巫特有的尖细的声音叫道:"去抓那只猫,每个人!"接着每个人都提起裙子拿着帽子,四面散开去找那只猫。

草地上变得空荡荡的。四周的树晃动着,不时传来树枝折断的声音。但这座花园不会让任何人走出很远。衣饰鲜明的女巫,身着斗篷的巫师,还有穿着黑衣的魔法师不时从那些树丛里重新绕回到草地上来。卡特听见克里斯托曼奇说:"你的朋友们似乎太无知了,诺斯托姆。出去的路是逆时针方向的,也许你该告诉他们。那只猫肯定在夏天或春天的位置。"

威廉姆·诺斯托姆转着眼珠瞪了他一眼,然后喊叫着匆匆离开了。

"逆时针,兄弟姊妹们!逆时针!"

"让我告诉你,先生,"亨利·诺斯托姆对克里斯托曼奇说,"你严重地惹火了我。"他徘徊了一会儿,可是一伙人包括格温多琳和意念力魔法师一起都绕出了树林,回到了草地上,显得非常气恼。亨利·诺斯托姆迈着小步朝他们跑过去,叫道:"不,我亲爱的朋友们!我亲爱的学生!逆时针。你们要逆时针走。"

卡特和克里斯托曼奇暂时被孤零零地留在了那道残破的拱门和苹果树旁。

第十六章

"卡特!"克里斯托曼奇在卡特背后叫,"卡特!"

卡特不想说话。他正躺在那里透过苹果树的叶子看着蔚蓝的天空。可是天空不时变得模糊。然后卡特闭起眼睛,眼泪从双眼里流出来。现在他知道小格温多琳是如何在乎他了,他感到自己根本不想要任何生命。他听着树林里传来的咯吱声和喊叫声,几乎希望费多能尽快被他们捉住。时不时地,他有种奇怪的感觉,好像他就是小提琴——它愤怒而惊恐,冲出来撕扯着一个大胖子女巫的带有花饰的帽子。

"卡特,"克里斯托曼奇说,他的声音几乎像费多一样绝望,"卡特,我明白你的感觉。多年来我一直希望你发现不了格温多琳的事。但是你是个大巫师。如果你下定决心的话,我怀疑你比我还要强大。在什么人抓到费多之前,你能用上一点你的魔力吗?拜托。只要帮我脱离这些该死的银链子,这样我就能召唤其他人手了。"

在克里斯托曼奇说话的时候,卡特又变成了小提琴。他爬上一棵树,但意念力魔法师和一个认证女巫把他摇了下来。他跑呀跑呀,然后从意念力魔法师捉他的双手里跳了出去,一次从极高的地方展开的巨大的跳跃。那是一次令人惧怕的跳跃,卡特不由得睁大了双眼。苹果树的树叶在天上摇曳着。目光所及的苹果几乎要成熟了。

"你想让我干什么?"他说,"我不知道怎么做。"

"我知道,"克里斯托曼奇说,"当他们告诉我的时候,我的感觉和你一样。你能移动一下你的左手吗?"

"能前后移动,"卡特尝试着,"我不能从绳子里把手伸出来。"

"不用,"克里斯托曼奇说,"你那只手的一根小指就有超越大多数人的能力——包括格温多琳——比他们一辈子的力量都大。而且这座花园里的魔力能够帮助你。只要用你的左手去锯绳子,把它想象成用银子做的。"

卡特向后仰着头,难以置信地望着克里斯托曼奇。克里斯托曼奇衣衫凌乱,脸色苍白,而且一脸急切的表情。他说的一定是真的。卡特抵在绳子上移动着左手。绳子碰上去感觉既粗糙又结实。他告诉自己它不是结实的绳子,它是银子。

然后绳子变得光滑起来。但锯起来很吃力。卡特用力抬起手,用手掌的边缘锯那银做的绳子。

丁零一声,绳子断了。

"谢谢你,"克里斯托曼奇说,"两条银表链去掉了。但这副手铐上的咒语非常强大。你能再试一次吗?"

绳子松得多了。卡特听到一串咔哒声和物体落地的声音,他挣出来——他不确定他把绳子变成了什么——在石头上跪起身子。克里斯托曼奇双手无力地套在手铐里,非常虚弱地朝他走过来。就在这时,意念力魔法师一边和一个戴着花帽子的女巫争论,一边从树丛里钻了出来。

"我告诉你,那只猫死了。它是从五十多英尺的高处摔下去的。"

"但我告诉你它们总是能用脚落地的。"

"那它后来为什么没有站起来?"

卡特认识到没有时间胡思乱想了。他双手抓住手铐,用力一扭。

"哎哟!"克里斯托曼奇叫道。

那副手铐被扭开了。卡特对自己的新本领来了兴趣。他把那副手铐分别拿在两只手里,命令它们变成两只凶猛的老鹰。"去抓诺斯托姆兄弟。"他说。左手上的手铐应声飞了起来。但右边的一半毫无反应,还掉到了草地上。卡特不得不把它放在左手上,它才听从了他的命令。

卡特看看四周,发现了克里斯托曼奇正站在那棵苹果树下,那个叫伯纳德的爱说话的小个子正慢悠悠地从山坡上朝他走来。伯纳德解开了领带,手里拿着一支铅笔和一张印着填字游戏的报纸。"施法,五个字母,结尾是 C。"他嘴里念念有词,然后抬头看到了树荫下脸色发绿的克里斯托曼奇。他看着那两根银表链、卡特、绳子和那伙正在草地周围的树林里兜圈子的人。"天哪!"他说,"对不起——我不知道你在找我。你需要其他人吗?"

"很快就要用到他们了。"克里斯托曼奇说。

戴着花帽子的女巫看见了他,抬高声音尖叫起来。"他们出来了!截住他们!"

女巫、魔法师、术士和巫师们朝草坪蜂拥过来,扭捏作态的格温多琳也在其中,他们拥过来的同时也匆忙释放了魔法。花园里吟唱咒语的声音响成一片,魔法气息变得浓郁起来。克里斯托曼奇抬起一只手,好像示意安静一样。吟唱的声音变得更加响亮,听起来十分恼怒。但这些人都不能再近前一步。只有亨利和威廉姆·诺斯托姆还在树丛里一边上气不接下气地惊叫,一边飞奔,每人身后都跟着一只扑打着翅膀的老鹰。

伯纳德咬着铅笔皱起眉头。"太可怕了!这么多人!"

"继续努力。我会尽力帮助你。"克里斯托曼奇看着那群嗡嗡作响的人,神色忧虑。

伯纳德的浓眉舒展开来。"啊!"贝瑟默小姐出现在他身后的山坡上。她一只手里捏着闹钟的发条,另一只手里拿着一块布。也许因为站在山坡上,她显得尤其高,衣服的紫色也比平时深。她一打眼就看清了形势。"你得把人全集中起来才对付得了这么多人。"她对克里斯托曼奇说。

人群里的一个女巫尖声叫道:"他正在找帮手!"卡特觉得那是格温多琳。魔法的气息愈加浓重,吟唱咒语的声音像一道经久不息的滚雷。那群戴着各式各样的帽子、身穿深色套装的人似乎正在缓缓向前移动。克里斯托曼奇阻止他们的那只手开始颤抖起来。

"花园也在帮助他们,"伯纳德说,"用出全力吧,贝瑟默小姐。"他咬着铅笔,紧皱着眉头。贝瑟默小姐用那块布把闹钟整整齐齐地裹好,身子明显变得更高了。

然后,一眨眼间,整个家庭的其他人一个个地出现在苹果树周围,都保持着被召唤时正在做的、安静的礼拜日活计的姿势。其中一位年轻女士双手撑着一盘毛线,一个小伙子正在卷线团。接下来的一个男人手里拿着桌球杆,另一个年轻女士手里拿着一根粉笔。戴着露指手套的老妇人正在织一双新的露指手套。桑德斯先生出现时打了个趔趄。那条龙被桑德斯先生好玩地挟在一条胳膊下。他们显然是在玩闹的时候被召来的,吃了一惊。

那条龙看到了卡特。它从桑德斯先生的胳膊下挣出来,跳过草地,扑扇着翅膀,吐着火焰跳到卡特怀里。卡特被这么重的一条龙撞到胸口,脸上被火苗热情地舔着,不由得趔趄了一下。本来他会被烧得很惨的,幸好他及时地告诉火焰它是凉的。他看到罗杰和朱莉娅也冒了出来。他俩的双臂都举在头上,因为他们在玩镜子游戏,他们也非常吃惊。"是那座花园!"罗杰说。

"还有这么多人!"

"你以前从来没有召唤过我们,爸爸。"朱莉娅说。

"这次相当特别。"克里斯托曼奇说。他本来举着右手,这时举起了两只手。"我需要你们找妈妈过来。赶快。"

"我们顶住他们,"桑德斯先生说。他试图让自己的话显得振作一些,但他很紧张。那些嗡嗡吟唱的人正在逼近。

"不行,我们顶不住,"戴露指手套的老妇人说,"没有米莉的话我们只能维持现状。"

卡特感觉到每个人都在设法找来米莉。他觉得他应该帮忙,因为他们那么需要她,但他不知道该怎么做。此外,小龙的火焰那么猛烈,他要用上全部的力量才能不被烧伤。

罗杰和朱丽叶也招不来米莉。"怎么回事?"朱莉娅说,"我们以前一直是可以的。"

"那些人都在阻止我们。"罗杰说。

"再试试,"克里斯托曼奇说,"我也不能。有什么东西在阻止我。"

"你也参与了魔法吗?"那条龙问卡特。这时卡特感到它的热度确实很麻烦。他的脸又热又疼。但是,那条龙一说,他就明白了。他也在参与魔法。只是他加入的是错误的一方,因为格温多琳又在利用他了。他习惯了被她利用,所以几乎没有察觉。但他现在能够感觉到她正在那样做。她用了他的那么多力量来阻止克里斯托曼奇召唤米莉,以至于让卡特被烫伤了。

有生以来第一次,卡特对此愤怒起来。"她没资格这样做!"他告诉小龙。然后他收回了自己的魔法。那就像一阵冷风扑到脸上一样。

"卡特!停下来!"格温多琳在人群里尖叫道。

"哦,闭嘴!"卡特叱回,"这是我的。"

在他脚下,那眼泉水再次汨汨地从草地下冒出来。卡特低头看着它,有点纳闷,这时他注意到身边焦虑的家庭成员脸上都现出了喜色。克里斯托曼奇正仰面向天,脸上也有了光彩。卡特转过身,发现米莉终于到了那里。他猜想山坡上肯定有什么障眼术,使她看起来像那棵苹果树一样高。但她在漫长的一天过后显得那么和蔼,又不像有障眼术的样子。她怀里抱着小提琴。小提琴身上湿漉漉的很可怜,但在咕噜咕噜叫。

"对不起,"米莉说,"要是我知道的话会早点来的。这个可怜的小东西从花园的围墙上掉下来,但我没想到别的什么事。"

克里斯托曼奇微笑着,放下了手。他似乎不再需要阻止那些人了。他们站在原地,嗡嗡的吟唱声也停了下来。"没关系,"他说,"但现在我们得动手了。"

家庭成员立刻动了手。卡特很难描述或回忆他们做了什么。他记得一阵拍手声和雷鸣一样的隆隆声，一阵黑暗，紧接着起了雾。他感到克里斯托曼奇变得比米莉还高，高得像天空——但那也许是因为那条龙变得特别害怕，卡特为了使它觉得安全些跪到了草地上的缘故。他不时能看到家庭成员们像巨人一样走来走去。女巫们不断尖叫。巫师和魔法师大声咆哮。有时候好像下起了白色的蒙蒙细雨，或者是飞舞的白色雪花，或者也许只是浮动的白色烟雾，盘旋复盘旋。卡特相信整个花园在旋转，越转越快。魔法师们就在一片旋转的白色中飞来飞去，或者是伯纳德大步走过，或者是头发上带着雪花的桑德斯先生呼啸而过。朱莉娅跑过去，在她的手帕上打着一个又一个结。米莉肯定带来了援兵；卡特看到了尤菲米娅，男管家，一个仆人，两名园丁，还有，让他吃惊的是，威尔·萨根斯也在这座呼号的，旋转着的，尖叫的花园里和一团白色的东西搏斗。

旋转的速度变得太快，卡特反而不再感到眩晕了。那是一种非常稳定的旋转，发出嗡嗡的声音。克里斯托曼奇从白雾里走出来，来到苹果树下，向卡特伸出一只手。他身上湿淋淋的，暴露在风中，卡特还是断定不了他有多高。"我能用一点你的龙血吗?"克里斯托曼奇说。

"你怎么知道我有龙血?"卡特愧疚地说。他放开小龙,伸手取出了他的坩埚。

"气味。"克里斯托曼奇说。

卡特递过坩埚。"给你。我是不是在这里又失去了一条命?"

"不,"克里斯托曼奇说,"不过很幸运,你没有让珍妮特碰它。"

他走进旋涡,把坩埚里的龙血全部倒了进去。卡特看见龙血被吸走并旋转着。浓雾变成了褐红色,嗡嗡声加大成一种吓人的钟鸣一样的声音,震得卡特耳朵发疼。他听到魔法师和女巫们惊恐的叫声。"让他们叫。"克里斯托曼奇说。他靠在拱门右侧的石柱上。"他们中间的每一个人都失去了他们的魔法能力。他们会向他们的国会议员告状并接受国会的询问,但我敢说我们可以活下来了。"他举手做了个手势。

那些穿着湿透的礼拜服的疯狂的人们被旋涡抛出来,接着被那道残破的拱门吸进去,就像旋涡里的枯叶一样。越来越多的人被吸了进去,他们一批批地穿过了拱门。在这些落叶一样的人中间,克里斯托曼奇不知用什么办法把诺斯托姆兄弟找了出来,把他俩放在卡特和小龙面前。卡特有趣地发现他的一只鹰正站在亨利·诺斯托姆的肩膀上,用尖嘴啄他的脑袋,另一只则在威廉姆身边拍打着翅膀,啄他身上肥胖的部位。

"让它们走开。"克里斯托曼奇说。

卡特非常遗憾地叫停了两只鹰,它们落在草地上,变成了手铐。然后那副手铐和诺斯托姆兄弟一起飞了起来,打着转和最后的一些人飞进了拱门。

最后出来的是格温多琳。克里斯托曼奇也让她停了下来。与此同时,那片白色消失了,嗡嗡声也停了下来,其余的家庭成员开始在沐浴着阳光的山坡上集合,都微微喘着气,但身上不是特别湿。卡特认为那座花园也许仍然在旋转。但它大概是一直这样旋转的。格温多琳张皇四顾。

"让我走!我要回去当女王。"

"别那么自私,"克里斯托曼奇说,"你没有权利把另外八个人从她们的世界拉到别的世界。留在这里学学怎么做人吧。你的那些国家,人们并没有真的听你的命令,你也知道。他们只是假装听你的话。"

"我不在乎!"格温多琳尖叫道。她提起金色的衣服,踢掉脚上的尖头鞋子,朝那道拱门跑去。克里斯托曼奇伸手阻止她。格温多琳一转身,把她最后一把龙血洒到了他脸上,在克里斯托曼奇被迫抽回手抹掉龙血的时候,格温多琳匆忙穿过了拱门。一声闷响之后,门柱间的空间变成了黑色。等每个人回过神来后,格温多琳消失了。门柱之间空空如也,只是一片草地。连那双尖头鞋子也不见了。

"那孩子干了什么?"戴露指手套的老妇人震惊地问。

"把自己封印到了那个世界。"克里斯托曼奇说。他甚至更加吃惊一些。

"是不是,卡特?"他说。

卡特倔强地点点头。似乎值得那样做。他不确定自己是否还愿意再次见到格温多琳。

"看看出了什么事。"桑德斯先生朝山坡上点点头,说。

珍妮特跌倒在米莉身边的斜坡上,她在哭泣。米莉小心地把小提琴交给朱莉娅,用双臂搂住珍妮特。珍妮特哭得很伤心。其他人都聚集到她身边。伯纳德轻轻在珍妮特背上拍着,戴露指手套的老妇人轻声抚慰着她。

卡特在废墟旁边站着,那条龙在草地上询问地抬头看着他。珍妮特在自己的世界里很快乐。她想念她的爸爸和妈妈。也许她到这个世界是好事,这是卡特的功劳。而且克里斯托曼奇说过格温多琳自私!

"不,不是那样,真的。"珍妮特在家庭成员的簇拥下说。她想在那块落在地上的石头上坐下来,突然想到了她最后一次见到这块石头时它的用途,又赶忙站了起来。

卡特有了一个好主意。他用魔法把格温多琳房间里那张蓝天鹅绒椅子移了出来,摆在珍妮特身边的草地上。珍妮特眼泪汪汪地笑了。

"太感谢了。"她正要往椅子上坐。

"我属于克里斯托曼奇城堡,"那张椅子说,"我属于克里斯托曼奇城堡——"贝瑟默小姐严厉地瞪了它一眼,它就住嘴了。

珍妮特在椅子上坐下来,因为草地不平,椅子有点不稳当。

"卡特在哪儿?"她担心地问。

"我在这儿,"卡特说,"我为你搬的那张椅子。"他看着珍妮特看见他后释然的表情,感觉真好。

"吃点午饭怎么样?"米莉问贝瑟默小姐,"肯定已经快两点了。"

"同意,"贝瑟默小姐说,她朝男管家威严地一侧身。他点点头。仆人和园丁们提着几个洗衣筐一样的大篮子摇摇晃晃地走上来,打开盖子后,里面装满了鸡肉、火腿、肉饼、冰淇淋和葡萄酒。

"哦,太好了!"罗杰说。

每个人都坐过来吃午饭。大都坐在草地上。卡特尽可能坐得远离威尔·萨根斯。米莉坐在石板上。克里斯托曼奇往脸上泼了一些泉水——这样做似乎使他恢复了不少精神——然后背靠石板坐下来。戴露指手套的老妇人凭空取出了一张垫子,她说坐在垫子上舒服一些。伯纳德轻轻展开卡特留在石头旁边的绳子。它变成了一张吊床。伯纳德把吊床绑到拱门的两根石柱上,在上面躺了下去,显得非常惬意,尽管他要一边小心翼翼地保持平衡,一边还要吃东西。小提琴得到了一只鸡翅,然后咬着鸡翅躲开小龙,爬到苹果树上吃。小龙妒忌小提琴,它一会儿愤愤地朝树上吐烟,一会儿挤蹭着卡特,向卡特要鸡肉和肉饼。

"我警告你,"桑德斯先生说,"这是一条这个世界上被宠坏得最厉害的龙。"

"我是这个世界上唯一的一条龙。"小龙沾沾自喜地说。

珍妮特仍然红着眼。"亲爱的,我们都明白,"米莉说,"而且我们都非常难过。"

"我能送你回去,"克里斯托曼奇说,"尽管格温多琳的世界从系列里消失了,那样做不太容易,但不要认为那是不可能的。"

"不,不。没关系,"珍妮特咽下一口食物,"至少,等我习惯就没事了。我希望回到这里——"她眼睛里挂着泪花,嘴唇颤抖着。一块手帕从空中飞过来,朝她手里飘去。卡特不知道是谁做的,但他希望自己能想出来。"谢谢,"珍妮特说,"你知道吗,妈妈和爸爸没有注意到不一样。"她用力擤了下鼻子。"我回到我的卧室里,另外那个女孩——她其实叫罗米莉亚——那时她正在写日记。写到中途被召唤回去,就把日记留在了那里,所以我看了。日记里全是关于她有多么担心被我父母发现她不是我,还有当她用自己的聪明使他们没有察觉时是多么开心的内容。她非常害怕被送回去,因为在那个世界里她是个过着可怕生活的孤儿,她在那里很凄惨。她写的事情使我感到很难过。听着,"珍妮特严厉地说,"她只是困扰于如何在我父母的房间里放置那本日记。我写了个字条告诉她,说如果她一定要保守秘密的话,最好把日记放在我最好的隐藏地点中的一个。然后——然后我就坐在那里,非常希望我能回来。"

"你真好。"卡特说。

"对,而且我们真心欢迎你,亲爱的。"米莉说。

"你确定吗?"克里斯托曼奇一边吃鸡腿,一边用探究的眼光看着珍妮特。

珍妮特坚定地点点头,虽然她的脸还埋在手帕里。

"你是我最担心的人之一,"克里斯托曼奇说,"我没有立即意识到发生了什么事。你知道吗,格温多琳发现了那面镜子的事,后来她在浴室里完成了变化。另外,我们没有一个人知道卡特的能力那么强大。在那只青蛙的不幸事件发生后,我才意识到了真相,然后我立刻查看了格温多琳和另外七个女孩发生了什么事。格温多琳当上了女王。而罗米莉亚之后的詹妮弗像格温多琳一样强硬,一直希望自己是个孤儿;至于被格温多琳取代的卡罗琳女王,则像罗米莉亚一样悲惨,已经逃跑过三次了。另外的五个都一样。她们对新世界很适应——也许除了你。"

珍妮特拿开手帕,以极大的愤慨看着他。"为什么你不早告诉我你知道?那样我就不会那么怕你!而且你还因此不相信卡特的那些烦恼——更别说我欠巴格沃斯先生[①]的二十英

[①] 即巴斯拉姆先生,珍妮特有乱拼词的习惯。

镑和对这里的历史和地理一无所知了！还有,你不要笑!"她说,好像几乎每个人都在笑一样。

"我道歉,"克里斯托曼奇说,"相信我,这是我经历过的最难以作出的决定之一。但是巴格沃斯先生究竟是谁?"

"巴斯拉姆先生,"卡特厌恶地解释道,"格温多琳从他那里买了一些龙血,但事实上没有付钱。"

"他要的价可真高,"米莉说,"而且那是非法的,你知道。"

"明天我去跟他谈谈,"伯纳德在吊床上说,"尽管他现在大概已经走了。他知道我已经留意他了。"

"为什么那是个很难做出的决定?"珍妮特问克里斯托曼奇。

克里斯托曼奇把鸡骨头丢给小龙,然后慢慢用一块一角绣着金色"C"的手帕擦了擦手。这样做可以给他一个吸引卡特的目光的借口,以他隐晦的方式,得到卡特的关注。这时卡特明白克里斯托曼奇的动作似乎意味深长,他的注意力越集中,就越不会在克里斯托曼奇开口时感到莫名其妙。"因为卡特。如果卡特能主动开口告诉某个人发生了什么事的话,我们会感到容易得多。我们给了他很多这样做的机会。但他闭口不谈,我们以为也许他确实明白他的能力范围。"

"但我不知道。"卡特说。

这时,因为得到提问允许而非常开心的珍妮特又说:"我认为你完全错了。我们俩进这座花园的时候心惊胆战,还几乎让你和卡特没命。你本应该说出来的。"

"也许是的。"克里斯托曼奇承认,他若有所思地剥了一只香蕉。他仍然面向着卡特。"通常,我们对于诺斯托姆兄弟那样的人来说不仅仅是对手。我知道他们正在通过格温多琳盘算着什么,而且我以为卡特也知道——我道歉,卡特。如果不是必须收留卡特的话,我不会允许格温多琳在这里留一分钟的。克里斯托曼奇必须是一个九条命的巫师。没有其他人能胜任这个职位。"

"职位?"珍妮特说,"这样说它不是世袭的?"

桑德斯先生哈哈大笑,他也把手里的骨头丢给小龙。"天哪,不是!我们都是政府的雇员。克里斯托曼奇的工作是确保这个世界不会被魔法师们彻底掌握。普通人也有权利。所以他必须确保魔法师们不能进入那些没有魔法的世界并给那里带去灾难。这是一件繁重的工作。我们是协助他的工作人员。"

"我们对他来说就像左膀右臂。"伯纳德从吊床上一跃而起,去拿冰淇淋。

"啊,快过来!"克里斯托曼奇说,"今天要是没有你我就一败涂地了。"

"我正在思考帮你找出下一任克里斯托曼奇的方法呢,"伯纳德说,"在我们还在兜圈子的时候,你已经找好了。"

"九条命的巫师很难找到,"克里斯托曼奇向珍妮特解释道,"首先,他们非常罕见;其次,他们在被发现之前必须使用魔法。但卡特没有。在他碰巧落到一个千里眼手里的时候,事实上我们正在考虑从另一个世界带一个人来。即使在那时,我们也只知道他在哪里,不知道他是谁。我根本不知道埃里克·钱特,也根本不知道是我的任何亲戚——虽然还记得他的父母是堂亲,那使他们的孩子成为魔法师的机会增大一倍。我必须承认弗兰克·钱特给我写过信,说他的女儿是个女巫,而且似乎在以某种方式利用她的弟弟。原谅我,卡特。你父亲在我提议去确认他的孩子是否生来就没有魔法的时候表现得很无礼,所以我忽视了那封信。"

"你看,幸好他很无礼。"伯纳德说。

"那些信里说的就是这些事吗?"卡特说。

"我不明白,"珍妮特说,"为什么你什么都没对卡特说。

为什么不告诉他?"

克里斯托曼奇仍然若有所思地看着卡特的方向。卡特看得出他非常谨慎。"这样说吧,"他说,"要知道我们彼此认识的时间不长。卡特似乎根本没有魔法力量。然而他姐姐使用的魔法远远超出了她的能力,而且在她的魔力被取走后还能继续施展魔法。我会怎么想呢?卡特明白他在做什么吗?如果他不知道,又是什么原因?如果他知道,他想干什么?当格温多琳逃走后,谁都没有提到事实真相,我希望答案会自己出现。但卡特还是什么都没干——"

"你在说什么,什么都没干?"珍妮特说,"我们玩斗马栗游戏,他还帮我制止朱莉娅。"

"是的,但我不知道发生了什么事。"朱莉娅红着脸说。

卡特感到很不舒服,又伤心。"让我一个人待会儿!"他站起来,大声说。

每个人,连同克里斯托曼奇,都紧张起来。唯一不紧张的是珍妮特,卡特不会伤害她,因为她不习惯魔法。卡特强忍着不哭出来,这使他感到更加惭愧。"别再那么小心翼翼地对待我!"他说,"我不是傻瓜,也不是婴儿。你们都害怕我,不是吗?你什么都不告诉我,你不惩罚格温多琳,因为你害怕我干出什么可怕的事。但我没有。我不懂怎么做。我也不知道我能。"

"亲爱的,那只是因为谁也不能肯定。"米莉说。

"好吧,现在肯定了吧!"卡特说,"我做的事都是无心的,就像进入这座花园——还有把尤菲米娅变成青蛙,但我不知道那是我干的。"

"你不要担心那件事了,埃里克,"尤菲米娅在山坡上说,她正和威尔·萨根斯在一起,"我不舒服是因为太震惊了。我知道巫师是和我们女巫不一样的。向圣母发誓。"

"也向威尔·萨根斯说一声吧,正好你在,"珍妮特说,"因为他为了报仇,随时准备把卡特变成一只青蛙。"

尤菲米娅转头看着威尔。"什么?"她说。

"这是怎么回事,威尔?"克里斯托曼奇说。

"我和他约定——在三点钟,先生,"威尔·萨根斯担心地说,"如果他不和变成老虎的我碰面的话。"

克里斯托曼奇拿出一只大金表。"嗯,快到时间了。如果你不介意我这样说的话,你那样做有点愚蠢,威尔。假如你继续的话——把卡特变成一只青蛙,或者把你自己变成一只老虎,或者你们俩都变——我是不会干涉的。"

威尔·萨根斯吃力地爬起来,面对卡特站着,看起来好像他希望在几英里之外一样。"那就让面团生效吧。"他说。

卡特依然觉得非常伤心,还想哭,但他不知道该将威尔·萨根斯变成一只青蛙,还是变成一只跳蚤——但两者似乎都很愚蠢。"你为什么不变成老虎?"他说。

正如卡特所想的,威尔·萨根斯变成了一只漂亮的老虎,长长的身体,光滑的皮毛,鲜艳的条纹。当他在斜坡上上下下跑动的时候身体很沉重,但他的腿在虎皮里滑动得非常容易,所以看起来似乎很轻盈。但威尔·萨根斯在用一只爪子抹着脸,并用恳求的目光看着克里斯托曼奇的时候,把这种效果破坏了。克里斯托曼奇只是哈哈大笑。那条小龙跑到山上去调查这个新的动物。威尔·萨根斯警觉地抬起巨大的后腿阻止它靠近。对于一头老虎来说,这样干很不雅观,卡特及时地把他变回了威尔·萨根斯。

"它不是真的?"小龙问。

"不是!"威尔·萨根斯用袖子擦着脸说,"好了,小伙子,你胜利了。你是怎么做到那么快的?"

"我不知道,"卡特带着歉意说,"我真不知道。我可以在你教我魔法的时候学习一下吗?"他问桑德斯先生。

桑德斯先生显得有点不知所措。"啊——"

"不,迈克,"克里斯托曼奇说,"很明显基础魔法对卡特没有多大意义了。我得亲自教你,卡特。看样子,我想我们会从高级理论开始。你看来要从多数人打退堂鼓的地方开始。"

"但为什么他不知道呢?"珍妮特问,"我总是因为弄不明白一些事恼火,我对这件事感到尤其恼火,因为这对卡特来说太艰难了。"

"是的,我承认,"克里斯托曼奇说,"但这在大巫师的魔法学习上是很自然的,我也经历过同样的事。我也不能施展魔法。我什么都干不了。但他们发现我有九条命——我很快丢掉了一些命,所以这件事很快变得显而易见——后来他们对我说,等我长大后必须做下一任克里斯托曼奇,我被这个说法吓坏了,因为我连最简单的咒语都施展不出来。所以他们把我送给一位导师,一个最让人害怕的老头子,要他找出问题在哪里。他只看了我一眼就对我咆哮说:'把你的口袋掏干净,钱特!'我掏空了口袋。我吓得不敢不服从。我拿出了我的银表,那只表很贵,还有一个我的教父送我的银质护身符,一只我忘记戴上的银领带夹,一个我应该戴在牙上的银牙箍。这些东西一离开我,我就干了一些吓人的事。就我所记得的,那位导师的房顶被掀掉了。"

"那么说银子的事是真的?"珍妮特说。

"对我而言,是的。"克里斯托曼奇说。

"是的,可怜的爱人,"米莉笑着对他说,"用钱的时候很不方便。他只能接触一英镑的纸币和铜币。"

"他给我们零花钱的时候只能给便士,如果迈克没有给钱的话,"罗杰说,"想想口袋里装了六十便士的样子吧。"

"真正困难的是在用餐的时候,"米莉说,"拿着刀和叉他什么事都干不了——而格温多琳喜欢在吃饭的时候做些可怕的事。"

"多傻呀!"珍妮特说,"为什么你们不用不锈钢餐具呢?"

米莉和克里斯托曼奇对视了一眼。"我怎么没想到!"米莉说,"珍妮特,亲爱的,你留在这里是一件多么好的事情啊!"

珍妮特看着卡特哈哈大笑。卡特尽管还是觉得有点孤独,但终究也哈哈大笑起来。